사랑의 황금률

사랑의 황금률

초판인쇄일 | 2013년 11월 18일
초판발행일 | 2013년 11월 30일

지은이 | 이경호
펴낸곳 | 도서출판 황금알
펴낸이 | 金永馥

주간 | 김영탁
편집실장 | 조경숙
인쇄제작 | 칼라박스
주 소 | 110-510 서울시 종로구 동숭동 201-14 청기와빌라2차 104호
물류센타(직송 · 반품) | 100-272 서울시 중구 필동2가 124-6 1F
전 화 | 02) 2275-9171
팩 스 | 02) 2275-9172
이메일 | tibet21@hanmail.net
홈페이지 | http://goldegg21.com
출판등록 | 2003년 03월 26일 (제300-2003-230호)

값 12,000원

ISBN 978-89-97318-59-9-03810

문학평론가 이경호의 풍요로운 문학의 길을 찾아가는 에세이

사랑의 황금률

글 이경호, 그림 토끼도둑

황금알

죽음을 살려내야 한다

수백 년 동안 죽지 않고 살아야하는 뱀파이어의 고독을 다룬 영화를 본 적이 있다. 병이 들어도 죽지 않고 교통사고로 두개골이 터지고 내장이 터져 나오는 고통을 겪으면서도 죽을 수 없는 불멸시대의 절망을 노래한 시를 읽었던 적도 있다. 장자는 죽음을 〈매달린 데에서 풀어주는 것〉이며 〈삶을 혹이 달려 있는 것으로 여기고, 죽음을 종기를 터뜨리는 것으로 여기는 사람〉을 참다운 깨달음에 이른 〈진인(眞人)〉이라고 불렀다고 한다.

〈죽음이 살아 있어야 한다〉는 이문재 시인의 외침은 죽음의 존재를 회피하지 말거나 잊어버리지 말라는 뜻을 일깨운다. 우리는 모두 죽음을 두려워한다. 죽음을 두려워하지 않을 수 있는 가장 어리석은 방법은 죽음을 회피하거나 잊어버리는 것이다. 그런데 죽음은 사실상 동전의 양면처럼 삶의 다른 모습이며 삶의 곁에 존재할 수밖에 없다. 우리는 매일 죽는 체험을 반복하며 죽음을 예비하는 삶을 살아가고 있다. 우리는 매일 잠을 자면서 짧은 죽음의 체험을 반복한다. 평균 27세를 넘은 사람들은 하루에 죽어나가는 몸의 세포 숫자가 새로 태어나는 세포숫자보다 많다고 한다. 이러한 모든 체험의 이치는 죽음의 존재를 직시하고 인정하는 삶의 일상을 살아가라는 깨우침을 일깨워 준다.

모두들 〈잘사는 삶〉에 관심이 많다. 〈힐링(치유)〉이라는 말도 그래서 사람들의 마음을 사로잡는 듯하다. 그렇다면 어떻게 사는 삶이 잘사는 삶일까? 그리스신화에서는 인간의 능력을 질투한 신이 인간을 남자와 여자로 나누어 놓아 서로를 그리워하게 만들었다고 한다. 음양의 조화를 가리키는 듯한 이 신화를 비틀어보면 삶과 죽음도 본래 하나였던 것이 둘로 나뉜 것 같다는 생각이 든다. 프로이트는 삶을 이끌어가는 가장 중요한 원동력 중의 하나가 죽음에 대한 욕망이라고 지적한 바도 있다. 따라서 우리의 삶이 존재의 온전한 속성과 가치 중에서 반쪽만 누리는 상태에 집착해서는 안 될 것이다.

죽음의 존재를 기억하고 인정하는 생활의 자세는 자연의 존재성을 숙고하고 인정하는 자세와도 일치하는 것처럼 보인다. 자연은 삶과 죽음의 바른 관계를 자연의 순환 이치로 우리에게 일깨우고 있기 때문이다. 〈죽음을 살려내야 한다〉는 주장은 삶이 죽음으로 끝나는 것이 아니라 삶이 죽음으로 순환하는 것이라는 이치를 환기시켜주는 것이다. 자연은 삶을 죽음의 상태에만 머무르게 하지는 않는다는 사실, 삶을 죽음으로부터 다시 새로운 삶으로 태어나게 만든다는 사실을 순환의 이치로 일깨우고 있는 것이다. 오직 인간만이 죽음을 소멸과 정지의 상태로 확정하여 그것을 회피하려는 어리석음을 고집하고 있다. 〈죽을 힘으로 살라〉는 말, 이 말의 참뜻을 다시 새겨볼 때가 되었다.

보잘 것 없는 원고를 책으로 묶어준 김영탁 형의 후의와 정겨운 삽화를 그려준 큰 아들 원희의 정성을 오래도록 가슴에 품고 싶다.

2013년 늦은 가을, 방학동에서
이 경 호

차례

두 가지 황금의 길

여러 해 전에 텔레비전 광고에서 〈부자 되세요〉라는 광고 문구가 선을 보인 뒤 사람들의 입에 자주 오르내리더니 심지어는 새해에 주고받는 덕담으로까지 널리 애용된 적이 있다. 나라의 경제 사정이 어렵다 보니 그런 인사말이 사람들의 마음을 사로잡을 수도 있었겠으나, 노골적으로 돈의 가치를 섬기고 부유함을 인생의 가장 큰 보람으로 내세우는 그 인사말이 이상하게도 내게는 어색하거나 혐오스럽게 들렸다. 경제 형편이 지금보다 훨씬 어려워 국민소득이 1,000달러가 안 되고 대다수 국민들이 하루 한 끼 거르는 것을 보통으로 여기던 1950년대와 1960년대에도 그런 인사말을 감히(?) 새해의 덕담으로 나눈 기억은 없다. 가난은 지긋지긋해서 벗어나고 싶은 마음이 간절했지만 삶의 가장 큰 가치를 돈으로 인정하는 마음을 당시의 사람들이 품은 적이 별로 없었기 때문일 것이다. 초등학교 수업시간에 장래 희망을 발표하던 순간에도 대통령이나 장군이나 의사나 선생님은 있었지만, 부자가 되겠다는 말을 내뱉는 학생들은 거의 없었다. 돈은 수단에 불과했으므로 꿈이나 목표가 될 수는 없었던 것이다. 어린 나이에도 자신의 꿈을 말하면서 그런 꿈을 가진 이유를 밝혀야 하는 자리에서 남에게 잘나 보이고 남에게 도움을 베풀어야 하는 대상으로 선택되기에는 돈이라고 하는 것이 별로 소중해 보이지 않았던 것이다. 그때는 삶의 소망이란 내가 누리는 것보다 남에게 존경을 받으면서 베풀 수 있어야만 했다. 그리고 돈이 많거나 부자가 된다는 것은 존경의 대상이 되거나 남에게 소중한 것을 베풀 수 있는 사람으로 인정받기가 쉽지 않았다.

그리스 신화를 읽어보면 〈마이더스의 손〉에 대한 이야기가 나온다. 마이더스라는 이름을 가진 재물에 대한 욕심이 많은 왕이 어느 날 풍요의 신 디오니소스를 찾아와 자신의 소망을 간청한다. 원하는 대로 소망을 들어주겠다는 신의

말에 마이더스 왕은 자신의 손으로 만지는 모든 것을 황금으로 변하게 해달라는 소망을 밝히고 그 소망은 마침내 이루어진다. 그가 자신의 궁궐에서 만지는 모든 것이 황금으로 변해서 그는 세상에서 가장 큰 부자가 된다. 그런데 생각지도 않았던 재난이 닥친다. 갈증이 나서 마시려던 물과 배고픔에 손을 댄 빵이 모두 금으로 변해버려 먹을 수가 없게 되어버린 것이다. 재난은 그에 그치지 않고 마침내는 자신이 가장 사랑하던 딸도 그가 손을 대자 목숨을 잃고 황금으로 변해 버리게 된다.

내가 태어난 헐벗고 굶주렸던 시절로부터 반세기가 지난 오늘날 부자가 되기를 소망하는 사람들의 마음이 내게는 왜 〈마이더스의 손〉처럼 여겨질까? 그것은 부자 되기를 스스럼없이 소망하는 그 마음이 남에게 베풀거나 남으로부터 받는 존경심을 아랑곳하지 않고 자신의 욕망을 채우는 데에만 급급하고 있는 것처럼 보이기 때문이다. 자신에게만 집중하는 그 마음의 소망은 어쩐지 이웃과 더불어 사는 가운데 지켜지는 삶의 존엄성과 풍요로움을 상실해버린 것 같아 하찮아 보이고 누추해 보이기까지 한다.

그런데 〈마이더스의 손〉과는 다른 종류의 황금을 만들어내는 삶의 방법이 존재한다. 이른바 〈황금률〉이라고 불리는 그 삶의 길은 〈스스로가 대접받고 싶은 대로 남을 대접하는 것〉이다. 그 길은 손으로 만지는 것을 황금으로 만들지 않고 마음으로 만지는 것을 황금으로 만드는 능력을 보여 준다. 「장자」에는 〈욕망의 샘이 깊은 곳에서는 하늘의 샘은 쉬이 마른다.〉라고 밝혀져 있다. 〈하늘의 샘〉은 이상하게도 나의 욕망을 채우려고 할수록 말라 버리고 남의 마음을 배려할수록 채워지는 속성을 간직하고 있다. 그러므로 지혜로운 자들은 삶을 진정으로 풍요롭게 만들기 위하여 눈에 보이는 황금을 탐내기보다는 마음으로 찾아가는 황금의 길을 소망한다.

우리나라 국민들의 봉사 활동이나 기부금 액수는 국민소득에 비해 현저하게 낮은 수준을 보여준다고 한다. 많은 사람이 설을 맞아 가족과의 사랑을 나누기 위하여 힘들게 고향을 다녀왔다. 그러한 사랑이야말로 마음의 황금을 찾아 나서는 초행길일 것이다. 본격적인 삶의 황금 길은 그러한 사랑을 가족과 더불어 이웃에게도 나눌 때 비로소 펼쳐진다. 부디 새해에는 그러한 삶의 황금 길이 드넓게 펼쳐지기를 소망해 본다.

변신이 필요한 문학상 시상식

우리나라에는 수백 개의 문학상이 있다. 해마다 경향 각지의 언론을 통해 수상자를 발표하는 문학상이 있는가 하면 문학 동호인들끼리만 조촐하게 수상자를 선정하여 서로에게 알리는 문학상도 존재한다. 적지 않은 문학상들이 수상자를 발표한 후에 별도의 시상식을 거행하고 상금을 수여하는 전통을 간직하고 있다. 〈동인문학상〉이나 〈이상문학상〉처럼 권위 있는 언론사나 문예지에서 제정한 문학상들이 그런 모범을 보여주는 사례에 속한다. 그런가 하면 잡지사나 출판사의 사무실에서 심사위원과 수상자만 모인 자리에서 상금을 전달하는 문학상도 있다. 〈김수영문학상〉이 대표적인 경우이다. 그런 점에서 특별한 경우를 제외하고 대부분의 문학상은 공공기관의 강당이나 회의장, 전시장, 그리고 어떤 경우에는 음식점을 빌려 많은 문인을 초대하는 형식으로 시상식을 거행하는 것이 상례다.

문학상 시상식은 축제의 장이므로 문학인들이 기쁘고 들뜬 마음으로 참여해야 마땅할 것이다. 그런데 많은 문인은 그러한 시상식에 참석하는 일에 별다른 즐거움을 갖기는커녕 심드렁해하거나 오히려 부담을 느끼기가 일쑤다. 우선은 문학상이 너무 많은 점도 하나의 이유가 될 것이다. 현대와 같이 분주한 사회에서 우후죽순으로 존재하는 문학상 시상식은 시시콜콜하게 여겨지기가 쉽다. 그러나 무엇보다도 문학상 시상식에 대한 문학인들의 무관심이나 부담은 시상식장의 풍경이나 시상식의 절차가 너무 엄숙하고 부자연스러워 보이는 점에서 비롯되고 있다. 그런 점에서 우리의 문학상 시상식은 정부나 공공기관에서 개최하는 경축행사나 기념식의 모양과 너무도 흡사해 보인다. 광복절 기념식은 물론이거니와 각급 학교의 입학식과 졸업식을 살펴보면 한결같이 흡사한 식장의 분위기와 식순을 마련해 놓고 있는 사실을 깨닫게 된다. 한마디로 우리나라에서 거행되는 대부분의 문화행사는 이러한 형식과 분위기를 마치 인기가수의 고정 레퍼토리이기라도 한 것처럼 필수적으로 마련해 놓는다. 그렇다면 그러한 형식과 분위기를 만들어내는 가장 큰 원인은 무엇일까?

그러한 시상식의 형식과 분위기를 만들어내는 데 기본적으로 일조하는 것은 바로 시상식장의 좌석 배치이다. 문학상 시상식을 비롯하여 대부분의 문화 경축행사나 기념식들은 전면 중앙에 별도로 단상이 마련된 곳에서 거행될 때가 많다. 그럴 경우에 수상자는 물론이고 심사위원을 비롯한 주최 측의 내빈 좌석들은 그 단상 위에 한 줄로 나란히 배치되는 것이 상례다. 내빈들은 단상 위에 마련된 좌석에서 일반 초대석을 내려다보는 자세로 앉아 있게 되어 있다. 이러한 좌석 배치는 매우 위압적인 분위기를 연출해내기 마련이다. 따라서 일반 초대석에 앉은 사람들은 내빈석에 앉은 사람들이 자신들을 지배하고 있는 듯한 심리적 압박감을 느낄 수가 있다. 그런데 내빈석에 앉아 있는 사람들도 불편하기는 마찬가지다. 아니 오히려 일반석에 앉아 있는 손님들보다도 더욱 불편함을 느낄 수가 있다. 마주 보도록 되어 있는 일반석의 손님들이 자신들

을 무대 위의 배우처럼 구경하거나 심지어는 감시하고 있다는 느낌 때문에 행동의 제약을 받을 수가 있기 때문이다. 이렇게 행사에 참여하는 사람들 모두에게 불편함을 초래하면서 좌석을 다르게 배치하는 전통은 가깝게는 일제 식민지 시대로부터 그리고 멀게는 왕조시대의 신분차별을 중요하게 여기는 제도와 관습에서 유래되었을 것이다. 그러므로 모든 사람에게 불편함을 초래하는 좌석배치는 이제 바뀌어야만 할 것이다. 권위와 지배의 상징인 단상을 없애고 모든 사람이 평등하고 편안하게 앉을 수 있도록 내빈석을 일반 초대석 가운데 배치해야만 할 것이다. 위압적이며 경직된 식장의 분위기는 그것만으로도 적지 않게 사라져버리게 될 것이다.

좌석 배치보다 오히려 식장의 분위기를 더욱 주도하는 역할을 감당하는 것은 바로 행사의 절차이다. 우리가 보통 〈식순(式順)〉이라고 부르는 것이야말로 행사의 내용 그 자체라는 점에서 시상식과 같은 축제행사의 분위기를 흥겹게 만들거나 지리멸렬하게 만드는 데 가장 큰 영향을 미친다. 그런데 대부분의 문화행사 식순은 행사 참여객의 관심을 북돋고 축제적 분위기를 마련하는 일에 별로 보탬이 되지 못하는 내용물로 구성되어 있다. 식순이 대부분 내빈으로 초대된 저명인사들의 심사평이나 격려사, 축사, 이런 것들로 구성되어 있기 때문이다. 그러한 식순이 주도하는 시상식의 분위기는 그야말로 내빈 몇 사람의 자기과시를 위한 기회를 제공할 따름이다. 대부분의 일반 참여객들은 식순에 동참할 기회를 부여받지 못한다. 그들은 그저 자기 자리에 가만히 앉아서 심사경위와 축사, 그리고 수상자의 답사를 듣고 박수만 쳐주는 역할을 감당할 따름이다. 그들은 철저하게 재미없는 구경꾼의 역할을 강요받고 있는 것이다. 그러므로 이제부터라도 축제의 성격을 북돋을 수 있는, 그리고 시상식에 참여한 축하객 모두가 함께 참여할 수 있는 식순의 내용이 마련되어야 할 것이다. 일반 참석자들 가운데에서 간략한 축하의 말과 노래와 꽃다발을 건네는 순서, 그리고 심지어는 어깨를 서로 끌어안고 흥겨운 춤을 추는 모습까지 보여줄 수 있는 순서가 자유스럽게 식순의 내용으로 포함되는 시상식의 풍경과 분위기가 마련되었으면 좋겠다. 그러한 순서들이 의례적인 뒤풀이의 내용으로 분류되는 것도 우리의 소극적이거나 겉치레를 중시하는 마음에서 비롯되었을 것이다. 뒤풀이 모습과 분위기가 더욱 소중한 의의를 갖는다면 마땅히 그것들이 우선적으로 시상식의 식순에 포함되고 의례적인 내빈들의 참여순서는 유보되어야 할 것이다. 새로운 시대의 신명 나는 문화적 분위기를 창출해내는 문학상 시상식이나 문화행사의 변신이 기대된다.

인간과 자연의 거리

공항이나 기차역 같은 곳에 가보면 매표구 앞에서 1미터쯤 떨어진 곳에 직선으로 경계선이 표시되어 있다. 그 경계선은 단순히 질서 있게 차례를 지키라는 뜻과는 다른 삶의 질서를 환기해주는 역할을 한다. 아니, 그것은 질서라기보다는 차라리 삶에 대한 예의를 환기해주는 신호등과 같은 역할을 한다. 그 경계선은 차례를 기다리는 사람들끼리의 질서를 유지하기 위하여 표시된 것이 아니라 단지 지금 표를 구입하는 과정에 있는 사람이 마음과 몸을 편하게 만들어주기 위하여 다른 사람들로부터 격리해주는 역할을 하는 것이다. 이러한 경계선 표시가 우리나라에서 비롯된 것은 아니지만 지금 이러한 경계선의 역할은 우리에게 매우 절실해 보인다.

나는 운전 면허증이 없어서 주위 사람들로부터 딱하다는 소리를 들을 때가 많다. 여러 곳에 강의를 나가는 형편이어서 누구보다도 운전을 해야 할 처지에 놓여있음에도 불구하고 운전을 배우지 않는 까닭은 바로 우리나라의 살벌한 교통질서에 대한 두려움 때문이다. 택시를 타거나 남의 차 앞자리에 동승할 때마다 등골이 서늘해지고 간이 조마조마해지는 경우를 겪은 적이 한두 번이 아니다. 아무런 예고도 없이 옆의 차가 앞으로 끼어들 때, 신호등을 무시하고 주행할 때, 그리고 자신의 과실이 분명함에도 큰 목소리로 마치 싸움을 거는 듯이 남을 윽박지르는 장면을 볼 때마다, 나는 구더기 무서워 장 못 담그는 격이라는 비웃음을 사는 한이 있더라도 결코 운전을 배우지 않으리라는 결심을 다지고는 한다. 교통질서가 함부로 무시되는 사회에서 무엇보다도 절실해 보이는 것은 바로 자신의 정당한 삶이 타인들의 부당한 간섭이나 침해로부터 보장받을 수 있는 바로 그 경계선과 같은 것이다.

아마도 우리에게 그러한 삶의 예의를 보장해 주는 경계선이 사라지기 시작한 시기는 급속한 산업화와 도시

화가 초래된 1970년대인 것으로 판단된다. 국가의 경제력을 향상시킨다는 취지에서 밀어붙인 산업화와 도시화는, 사람들끼리의 이해와 예의를 비효율적이고 낙후된 삶의 품목으로 규정짓고 수단을 가리지 않는 경쟁과 이익 챙기기를 강요하였다. 그러한 마음가짐의 변화는 군사독재의 규율과 훈련으로 강화되고 고착되어 버렸다. 그런 점에서 1960년대부터 1980년대 후반까지 지속된 군부독재의 유산은 민주화가 닻을 내린 오늘날의 시점에도 사라지지 않고 있다.

군부통치의 악영향은 사람과 사람 사이의 관계뿐만 아니라 사람과 자연 사이의 관계도 악화시켜 놓았다. 나쁜 수단으로 권력을 잡은 사람들이 평범한 삶을 살아가는 사람들 위에 군림하는 것이 습관이 되어서인지 자연에 대해서도 함부로 군림하려는 모습을 보여주기 시작한 것이다. 그 결과로 인간과 자연이 서로에게 최소한의 예의를 지키는 데 필요한 거리의 경계선은 말소되어 버렸다. '개발'이라는 미명하에 여기저기 산이 깎여나가고 바다가 메워져 버렸다.

내가 사는 동네에는 800살 먹은 은행나무가 있다. 〈서울시 보호수 1호〉로 지정된 이 은행나무는 1990년대 초반 무렵 다 늙어서 큰 홍역을 치른 바 있다. 바로 그 은행나무 곁에 새로 아파트 단지를 건립하려는 계획이 추진되었기 때문이다. 환경운동단체에서는 너무 가까운 곳에 높은 건물이 건립되면 옆으로 뻗어있는 은행나무의 뿌리들을 침해하고 고사시킨다는 이유로 아파트 건립 위치를 조종해 주라고 요청하는 시위를 벌였다. 언론기관에 그런 정황이 보도되자 양측의 절충이 이루어져 새 아파트는 은행나무와 15미터 가량 떨어진 채 건립되었다. 자연의 생명과 인간의 욕망이 서로 양보한 그 15미터의 거리가 오늘날까지 우리 동네의 은행나무를 살아남게 만들어 놓았다. 21세기에 들어서 인간과 자연의 사이는 어느 때보다도 나빠져 버렸다. 자연과 인간은 이제 이혼을 목전에 둔 부부 사이가 되어 버렸다. 그렇다면 이제는 차라리 자연과 별거하는 부부관계의 모습을 보여주는 것이 정직한 인간의 자세일 것이다. 자연과 거짓으로 화해하는 척하지 말고 정직하게 자연으로부터 격리된 채 자신의 삶을 반성하는 인간의 자세가, 15미터의 거리를 지키는 경계선을 마련해 놓는 일이 어느 때보다도 긴요하게 되었다. 자연은 자기를 지긋지긋하게 못살게 구는 인간이 조금만 곁에서 떨어져 있기를 진심으로 바랄 것이다.

땀을 요구하지 않는 문화

영어로 문화(culture)란 낱말의 어원은 '땅을 경작하거나 농사를 짓다(cultivate)'라는 말에서 유래되었다. 인간이 살아가는 방법 중에서 농사를 짓는 행위는 본래 축복받은 것이라고 말하기가 어렵다. 농사를 지으려면 오랜 시간 동안 일해야 하고 그나마 좋은 결실을 얻으려면 운도 따라야 하기 때문이다. 그러므로 인류의 역사에서 농사짓는 생활은 자연에 널려있는 열매를 따 먹고 짐승을 사냥하는 방법만으로는 먹고 사는 일이 불가능해지면서 생겨난 경제 수단이다. 구약성경의 「창세기」에는 선악과를 따먹은 아담과 이브가 에덴동산에서 쫓

달인을 찾아서

겨날 때 하나님께서 아담에게 평생 농사를 짓고 땀을 흘려야만 먹고 살 수 있는 벌을 내린 것으로 기록되어 있다. 그런 점에서 에덴동산의 축복받은 생활이란 것도 따지고 보면 별로 땀 흘리지 않고 먹고살아 가는 일이 가능한 삶의 모습을 암시해주고 있는 것이다. 이렇게 볼 때 문화란 결국 땀 흘리고 수고하는 삶의 고단한 생활 속에서 만들어지는 속성을 간직하고 있다. 우리가 예로부터 어떤 분야의 전문가가 한 가지 일에 평생을 매달려 살아가는 장인(匠人)정신을 높이 기리고 예술작품의 창조 과정을 출산(出産)의 고통에 비유하는 까닭도 바로 그 점에 있을 것이다. 문화란 낱말이 간직하고 있는 이러한 어원과 속성은 요즈음 우리가 문화를 바라보고 즐기는 태도에 깊이 반성할 점이 있다는 사실을 일깨워준다.

몇 년 전에 대중음악에 종사하는 젊은 가수들의 노래 부르는 태도를 〈립싱크〉라고 하는 용어와 관련지어 문제 삼았던 적이 있다. 〈립싱크〉란 가수들이 방송에 출연하여 노래를 부를 때 입술만 움직일 뿐 녹음된 내용으로 노래를 대신하는 행위를 가리키는 말이다. 〈립싱크〉가 비판의 대상이 되었던 까닭은 그것이 가수들의 진정한 노래실력을 감추는 기능을 한다는 점에도 있었지만, 근본적으로는 거짓으로 노래를 하므로 문화적 행위를 하는 진지한 열정이나 땀을 흘리는 노력을 보여주지 못한다는 점에 있었을 것이다. 소위 〈립싱크〉가수들에 대한 또 다른 비판은 노래 대신에 예쁜 얼굴이나 몸매, 또는 춤 솜씨를 과시하는 그들의 행위에 가해지기도 하였다. 그러한 행위는 마치 내용은 보잘것없는데 겉만 화려하게 치장해놓는 상품의 포장지나 본래의 얼굴을 뜯어고쳐 놓는 성형수술과 다를 바가 없는 것인지도 모른다.

이러한 〈립싱크〉 부작용의 사실은 우리 문화계 전반에 널리 유포된 것으로 보인다. 땀 흘리는 수고와 고통을 회피하고 겉모양은 화려한데 속은 텅 비어있는 문화 작업의 품목은 대중문화를 떠나서 우리 학계와 예술계에서 흔히 목도할 수 있는 현상 중의 하나가 되어버린 것이다. 아마 그중에서도 대표적으로 꼽을 수 있는 것은 전문성을 심화하려는 노력의 부족일 것이다.

문학잡지를 만들다 보니 계절마다 소위 〈작가특집〉이라는 것을 꾸며야 한다. 한 사람의 문학세계를 집중적으로 조명하는 지면이어서 작가론도 필요하고 주제평론도 필요하고 문체론도 필요하다. 그런데 문체론의 경우에는 마땅히 청탁할 필자가 드문 것이 작금의 현실이다. 유럽의 잡지들은 매우 기발한 주제로 특집을 꾸밀 때가 많다고 한다. 이를테면 문학잡지라고 하더라도 〈장미〉라는 주제로 특집을 정해 놓으면 매우 다양한 전문적 식견을 가진 필자들이 청탁에 참여할 수가 있다고 한다. 우리가 그러한 특집을 감당할 수 없는 이유는 대부분의 전문분야에서 학자들이 자기 연구 과제를 선택할 때 너무 거창하거나 당시에 유행하는 것을 선택하려는 경향이 있기 때문이다. 비록 작고 평범해 보이는 주제를 선택하더라도 그것을 오랫동안 깊이 있게 연구하는 학자들이 많아질 때 전체적으로는 다양하면서도 심화된 연구 성과들이 축적될 수 있고, 그런 축적을 기반으로 다양한 문화적 특집을 감당할 수 있는 필진이 구성되는 것이다. 십여 년 전에 우리 문화계 전반에서 〈포스트모더니즘〉에 대한 관심이 유행처럼 번져 잡지마다 그것에 대한 특집을 거듭했음에도 불구하고 〈포스트모더니즘〉에 대한 우리의 주체적 이해와 응용을 심화시키는 계기가 만들어졌다는 후일담을 들어본 적이 없다. 부디 새해부터라도 우리의 그러한 태도가 개선되어 땀과 수고를 사랑하는 문화의 작업이 꽃피어나기를 간절히 고대해본다.

원고료 유감

　　수년 전에 어느 문학단체에서 문인들의 살림
형편을 설문 조사한 적이 있었다. 설문 중에 글쓰기로 벌어들
이는 소득을 묻는 항목이 있었는데, 문인 한 사람당 글쓰기를
통한 평균 연간 소득이 놀랍게도 이십 만원 정도에 불과했다.
이러한 설문 결과는 창작을 통한 생계유지가 거의 불가능하다
는 사실을 입증해준다. 창작으로 벌어들이는 소득을 대표할 만
한 것이 잡지에 작품을 발표하고 받는 원고료와 책을 펴내고
받는 인세일 것이다. 인세는 보편적으로 책값의 10퍼센트를
받는 것이 정례화되어 있으므로 문인들에게 차별에 대한 부담

을 주지 않지만, 원고료의 경우에는 신문이나 사보, 문예지마다 책정 기준이 달라서 문인들이 느끼는 창작의 보람(?)도 차별화될 여지가 많다.

원고료 지급 기준을 문예지에 한정해 살펴보면, 현재 권위를 인정받는 종합문예지들은 시는 한 편에 5만 원 이상, 소설은 원고지 100매를 기준으로 50만 원 이상을 지급하고 있다. 문인들에게 넌지시 물어보면 시는 한 해에 20편 이상을 쓰기 어렵고, 소설은 단편을 기준으로 4편 이상을 써내기가 어렵다고 고백한다. 이런 기준에 맞춰 최대로 작품을 발표해도(작품을 발표할 기회를 자주 얻기도 어렵지만) 문인들이 한 해에 벌어들일 수 있는 소득은 기껏해야 우리 국민의 한 달 평균 소득에도 미치지 못한다. 그렇다면 문인들이 순수한 창작활동만으로 집안 살림을 꾸려 나가려면 적어도 원고료가 현재 수준의 10배 이상으로 인상되어야만 할 것이다.

그런데 문예지를 발간하는 출판사에서는 문인들 못지않게 형편이 어렵기만 하다. 공인된 사실이지만 문예지를 발간하는 일로 채산성을 맞추는 출판사는 거의 없다. 문예지는 출판의 전문성과 명예를 진작시킬 만한 보람이나 유명 작가를 확보하여 독자들의 구매 욕구가 높은 소설책을 펴내기

위한 유인수단으로 발간되고 있을 따름이다. 그러다 보니 원고료 부담을 경감하기 위하여 문예지의 총원고 분량을 줄이거나, 원고료의 일부를 문예지 정기구독료로 대체하는 편법이 동원되기도 한다.

근자에 문예진흥원에서 10여 종이 넘는 우수 문예지를 선정하여 각 문예지를 발간할 때마다 수백만 원의 지원금을 지급하는 제도를 시행하고 있다. 지원금을 받는 출판사는 금액만큼 전국의 수백 곳에 있는 공공도서관에 문예지를 무료로 공급할 의무를 지닌다. 이 지원금이 문예지를 발간하는 출판사의 어려운 형편에 보탬이 되는 용도로 사용될지, 아니면 문인들의 원고료를 인상해주는 자금으로 활용될지 아직은 알수가 없다. 설령 그 지원금이 원고료 인상에 사용된다고 하더라도 그 효과는 매우 미미한 정도에 불과할 것이다. 때마침 그러한 지원에 화답이라도 하듯 새해 들어 몇몇 문예지에서 원고료를 대폭 인상할 예정이라는 반가운 소식도 들려오고 있다.

이러한 반가운 소식에도 불구하고 원고료에 대한 착잡한 생각을 지우기가 어렵다. 몇 년 전부터 본격 소설집이나 시집이 독자들로부터 외면을 받아서 책 발간에 따른 인세 수입을 챙기기가 어려워진 터라 문인들의 원고료에 대한 심리적 부담이 한층 커졌기 때문이다. 그리고 그 부담을 문예지 발간 출판사가 감당할 능력은 현실적으로 점점 사라져가고 있는 실정이다. 그렇다면 원고료를 현실화할 수 있는 대책은 마련되기가 불가능한 것일까? 적어도 현재로서는 국가기관이나 대기업체에서 제도적으로 개입하여 지원해주지 않는 한 뚜렷한 대책을 마련하기는 어려워 보인다. 결국 창작의 보람을 물질적 보상보다 정신적 가치로 삼으려는 문인들의 자기 다짐만 되풀이될 수밖에 없는 상황이 지속되고 있는 것이다.

전업작가의 고민

소설이나 시만 써서 먹고 살아가는 사람들을 언제부턴가 〈전업작가〉라고 부르게 되었다. 이러한 호칭은 아마도 1990년대에 가장 많이 불렸을 것이다. 왜냐하면 그때에 전업작가가 가장 많이 생겨났기 때문이다. 1990년대에 전업작가가 가장 많이 생겨난 까닭은 경제 규모가 커지면서 문학 독자층이 확대되고 그에 따라 문예지와 문학출판사들의 숫자가 늘어난 데서 비롯되었다. 더구나 대기업은 물론이고 중소기업체까지 사보나 홍보지를 발간하는 붐이 일어난 탓도 있다. 문예지와 출판사, 그리고 기업체의 사보마다 작가들의 작품을 받

아내기 위하여 경쟁에 나서게 되고 적지 않은 작가들이 꽤 많은 액수의 계약금이라는 것을 챙기게 되었다. 사정이 이렇게 되자 작가들 중에는 다니던 직장을 그만두고 글 쓰는 일에만 전념하는 사람들이 생겨나게 되었다.

1990년대 이전에는 전업작가라면 숫자도 적었거니와 일간지에 연재소설을 발표하고 펴낸 소설이 베스트셀러가 되는 중견작가들이 대부분이었다. 그런데 1990년대에 접어들면서 문단에 데뷔한 지 불과 몇 년도 되지 않은 젊은 작가들이 전업작가로 나서는 현상이 생겨났다. 단편소설보다 장편소설을 읽기 좋아하는 독자들의 취향과 수많은 기업체의 사보에 실려야 할 콩트에 대한 수요가 젊은 작가들에게 창작을 생계수단으로 선택하는 계기를 만들어준 것이다. 그리하여 1990년대 전반기와 중반기에 이르기까지 우리 소설계는 일찍이 유례가 없는 호황을 누리게 된다. 장편소설 계약금으로 적게는 수백만 원에서 수천만 원에 이르는 목돈이 출판사로부터 젊은 작가들에게 건네지고, 작가들이 장편소설을 펴내면 출판사들은 앞다투어 대대적인 광고 지원에 나서기까지 하였다.

이러한 현실은 1997년에 불어닥친 경제공황으로 결정적인 파국을 맞이하게 된다. 거의 모든 기업체는 사

보를 폐간하였으며 출판사들은 문학 출판물을 펴내는 일을 주
저하게 되었다. 문학이나 인문교양 서적들은 먹고 살기에 급급
한 사람들의 형편 때문에 서점에서 외면을 받게 되고 학습도서
나 실용도서가 독자들에게 가장 사랑받는 품목으로 자리를 굳
히게 된다. 경제 한파의 영향력이 대부분 제거가 된 21세기에
접어들어서도 문학은 1990년대 전반기와 같은 호황을 누릴 기
세나 조짐을 전혀 보이고 있지 않다. 사람들은 이제 문학은 물
론이거니와 책이라는 문자매체보다 텔레비전이나 인터넷, 영
화 같은 영상매체에만 모든 관심과 애정을 쏟아넣고 있다. 그
리하여 문학을 위하여 삶의 보람은 물론이거니와 다른 생계수
단까지 포기했던 수많은 작가들을 당혹감과 절망에 빠뜨리는
상황이 계속 이어지고 있다. 아마 앞으로 이러한 상황은 더욱
강화될 것이다.

　　　　그렇다면 전업작가들은 어떻게 살아남을 것
인가? 많은 문인들이 새삼스럽게 대학원에 진학하고 대학에
출강하는 현상이 벌어지고 있다. 전국에 수십 개나 생겨난 문
예창작과에 교수로 선발되기 위해 그렇게 처신하고 있는 것
이다. 어쩌면 생계 문제를 해결하면서 창작에 몰입할 수 있는
최선의 방법이 그것일지도 모른다. 그러나 더욱 중요한 것은

창작의 보람이 본래부터 생계를 보장해주지는 않는다는 사실을 깨닫는 것이다. 그것은 영혼의 양식을 서로 나누는 작업일 따름이다. 그러므로 이제는 〈전업작가〉란 호칭의 뜻도 달라져야 할 것이다. 그것은 글을 써서 먹고사는 문제를 해결하는 작가를 뜻하는 게 아니라, 먹고사는 문제와는 상관없이 글쓰기에만 전념하는 작가를 뜻하는 것이다. 그렇다면 그런 작가를 누가 먹여 살릴 것인가? 수적으로 얼마 되지도 않는 문학독자들인가? 아니면 출판사인가, 국가인가? 전업작가는 당연히 스스로 생계수단을 챙겨야 하는가? 그 질문이 바로 우리 모두에게 주어진 과제일 것이다.

청탁과 투고

몇 년 전의 일이다. 문학적인 업적이나 경륜에서 우리 문단의 가장 어른이신 원로시인 한 분이 내가 관여하는 문예지로 전화를 주셨다. 당신의 작품을 투고하고 싶은데 잡지에 실을 수 있는지를 확인하는 전화였다. 나는 매우 놀랐다. 그분은 고희를 넘기신 연배임에도 불구하고 절제와 긴장을 잃지 않는 작품들을 꾸준하게 발표함으로써 창작활동의 모범을 보이는 것으로 정평이 나 있는데 그런 분이 투고하시겠다니. 문예지 관례로 보아 원고 대부분은 투고가 아니라 청탁으로 처리되고 있기 때문이었다.

문예지가 원고 청탁 제도를 도입한 목적은 대략 다음과 같다. 우선 편집자가 판단하기에 뛰어난 역량을 가지고 있거나 새로운 가능성을 보여주는 문인들의 원고를 받아내려는 것이 청탁의 가장 큰 목적일 것이다. 다음으로는 세대별, 지역별로 발표 지면을 고르게 안배하려는 목적도 있을 것이다. 그런데 한편으로는 청탁의 다른 속내도 있을 법하다. 이를테면 유명 필자나 자기 문예지 출신 문인에게 청탁의 우선권을 부여하려는 입장이 그렇다. 이런 입장이 창작의 열정이나 능력을 갖춘 많은 문인들에게 돌아갈 수 있는 청탁의 기회를 앗아가는 부작용을 초래하는 것도 사실이다. 그러므로 청탁에서 소외된 많은 문인들은 문예지에 실린다는 보장도 없이 작품을 보내야 하는 〈투고〉의 방식을 선택할 수밖에 없다.

투고의 본래 취지는 문예지의 활력과 개방성을 마련하는 데 있다. 때로는 〈초대받지 않은 손님〉의 작품들이 문예지의 〈비밀병기〉 역할을 할 때도 있다. 그러나 대부분의 경우 투고는 찬밥 신세를 면하기가 어렵다. 투고된 작품들을 부지런히 읽어내며 정성껏 감별해내려는 문예지 편집자들의 열의가 부족한 탓도 있을 것이다. 또는 투고작의 스타일과 편집자의 취향이 어긋나 정당한 대접을 받지 못하는 경우도 있

을 것이다. 그러나 대부분의 투고작은 청탁 원고를 크게 앞지르는 수준을 과시하지 못해서 홀대를 받는다. 청탁 원고와 비슷한 수준이라도 곤란하다. 왜냐하면 어차피 청탁 원고에 우선권이 있으므로 그것보다 돋보이지 않으면 〈핀치 히터〉로 나설 자격을 부여받기 어렵기 때문이다.

그런데 문예지에는 가끔 청탁이나 투고의 절차를 거치지 않은 작품들이 게재되기도 한다. 개인의 친분 관계를 활용하는 뒷거래 방식인 셈인데, 이러한 경우에는 문예지에서 문인에게 원고 〈집필을 청탁〉하는 것이 아니라 문인이 문예지에 원고 〈게재를 청탁〉하는 것이다. 원고 청탁이나 투고의 관례로 보자면 이러한 경우는 이른바 〈암거래〉에 해당한다. 이제는 공공연하게 알려진 사실이지만 문단에 영향력이 있는 원로나 중견 문인들 중에는 가끔 문예지 편집자에게 자신의 작품은 물론이거니와 자신과 친분이 있는 후배 문인이나 제자의 원고가 문예지에 발표될 수 있도록 청탁을 하기도 한다. 〈예외 없는 원칙은 없다.〉는 말도 있으므로 이러한 청탁을 완전히 배제할 수는 없을 것이다. 더구나 그러한 청탁에 편집자의 〈사전 원고 검토〉라는 조건이 포함되기만 한다면 투고의 경우와 별로 다를 바가 없으므로 문제가 될 것도 없다. 그렇다

고 하더라도 이러한 암거래의 빈도가 잦거나 그로 인한 대가를
주고받아서는 곤란하다. 문예지 또한 사회의 〈공기〉로서 감당
해야 할 원칙이 있고, 그에 대한 책임이 뒤따르기 때문이다.

인지와 인세

요즘은 거의 찾아보기 어렵지만, 그래도 어쩌다가 서점에 진열된 신간 서적들 중에서 저자의 인지가 붙어 있는 책을 발견할 때가 있다. 우표만 한 종이에 저자의 도장이 찍혀 있는 인지는 인세를 계산할 수 있는 증거자료가 된다. 인지 한 장은 책 한 권을 찍어냈다는 증표이므로 저자는 자신의 도장을 찍은 인지의 숫자로 발간된 책의 부수를 어림할 수가 있다. 인세는 보통 책값의 10퍼센트에 발간된 부수를 곱한 액수로 결정되기 마련이다.

그런데 책에 인지를 붙이거나 인세를 계산하

는 과정에는 불편하거나 비합리적인 요소가 개입될 수도 있다. 우선 인지를 준비하는 과정부터 살펴보면 여간 불편하지가 않다. 인지에 도장을 찍고 그것을 책 뒤에 붙이는 일에는 적지 않은 손품이 들어가기 때문이다. 보통 인지에는 저자가 자신의 도장을 직접 찍기 마련인데. 책의 초판을 발간할 경우만 해도 적게는 1천 장부터 많게는 3천이나 5천 장에 이르는 분량만큼 도장을 찍다 보면 손가락이나 손목, 어깨 등에 통증이 생길 수 있고, 그러다 보면 인지를 마련하는 일이 지체될 수가 있다. 게다가 인지를 한장 한장 책 뒤에 붙이는 일도 여간 번거로운 게 아니다. 출판사에서 파견 나온 직원들이 직접 그 일을 감당하거나 일당을 주고 사람을 고용해서 그 일을 맡겨야 하기 때문이다. 더 큰 문제는 새로 발간된 책이 독자들로부터 좋은 반응을 얻을 때 생겨난다. 하루에 몇백 부, 심지어는 몇천 부씩 책이 팔려나갈 때 출판사에서는 인지를 준비할 수 있는 시간의 여유를 도저히 마련할 수가 없는 것이다. 그리하여 저자와 출판사가 마련한 절충안이 인지를 붙이는 자리에 〈저자와의 협의에 의하여 인지는 생략합니다.〉라는 문구를 적어놓고 인지를 붙이지 않는 대신에 출판사가 저자에게 발간 부수를 알려주는 방법이다. 이러한 절충안은 출판사에 대한 저자의 신뢰를 바탕으로 마련된 것이다. 이제는 컴퓨터에 모든 책 판매기록이 입력되므로 저자는 언제나 자신의 책이 판매된 결과를 확인할 수가 있게 되었으므로 이러한 절충안이 보편적인 관례가 되어 버렸다.

　　　　하지만 사람들 사이에 이루어지는 일이란 종 종 오해의 여지를 남기는 법이어서 서로의 신뢰를 바탕으로 삼 는 인세 계산 방법을 거부하는 저자들도 있다. 때로는 자신의 책에 대한 애정을 인지에 도장 찍는 일로 확인하고 싶어하는 저자들도 있다. 대체로 나이가 많은 저자, 특히 학술 서적을 출간하는 저자들 중에는 아직도 손수 도장을 찍은 인지를 책 뒤에 붙이려고 한다. 오래전에 어느 유명작가는 자신의 대표적 인 대하 장편소설을 발간하던 출판사를 상대로 법정에 소송을 제기한 적도 있었다. 그 출판사가 인지를 조작하여 책을 발간 하고 인세의 상당 부분을 착복하였다는 게 소송의 사유였다. 결국, 그 소설가는 다른 출판사로 그 작품을 옮겨서 발간하게 되었고, 사회과학서적을 비롯해 좋은 책을 많이 발간하여 출판 계에서 두터운 신망을 얻고 있던 그 출판사는, 이 사건으로 명 예가 실추되고 말았다.

　　　　아직도 서점에서 인지를 붙인 책을 찾았을 때

생겨나는 느낌은 반가움이다. 비록 예스러운 방식이긴 하지만 책 한 권마다에 정성과 노력을 심어놓는 마음씨가 느껴져서 반가운 것이다. 어찌 보면 출판사에 대한 저자의 불신을 뜻하기도 하는 그 인지가 독자에게는 저자의 친필 서명이나 작품의 낙관 같아 보여서 반가운 것인지도 모르겠다.

독자에 대한 불만

1990년대 중반이던가, 〈미저리〉라는 할리우드 영화가 수입 상영된 적이 있었다. 미국의 대중소설 작가인 스티븐 킹의 원작을 영화로 만든 것인데 우연히 교통사고로 외딴 마을에 머무르게 된 인기작가의 열성 팬이었던 여성이 작가를 감금하고 그에게 위해를 가하는 내용이었다. 이 영화가 국내에 상영되고 나자 작가를 괴롭히는 열성 독자들을 〈미저리〉라고 부르는 것이 잠시 유행이 되기도 하였다. 〈미저리〉의 본래 뜻은 고통이나 괴로움인데, 공교롭게도 독자들의 사랑이 작가에게 고통을 초래하는 현상이 벌어진 셈이다. 스티븐 킹이라는 작가가 베스트셀러 작가였던 만큼 독자들의 지나친 관심 표현에 시달렸을 법하고, 아마도 그래서 이러한 원작소설이 쓰였을 법하다. 인기가수나 영화배우에 대한 열성 팬들의 반응과 비교할 수는 없겠으나, 문학의 경우에도 이름이 알려진 작가와 시인들은 특별한(?) 독자들 때문에 난처한 지경에 처해본 적이 있다.

자신의 독자들을 〈미저리〉라고 불러야 했던 작가들의 고백을 들어보면 큰 부담을 안겨주는 독자들은 대체로 작가들과 사사로운 관계를 맺고 싶어하는 것 같다. 유명작가가 자신과 친밀한 사이라는 느낌을 확인하기 위해 이들이 동원하는 방법도 다채롭다. 가장 빈도가 잦은 접근 방식은 심야에 전화를 걸어오는 것이다. 이러한 독자들은 작가들이 대체로 야행성 기질을 갖고 있어서 심야에 창작에 몰두한다는 사실을 잘 알고 있다. 그리고 작가의 작업이 중단되어야 할 만큼 자신의 열렬한 애정과 자신의 인생 고민을 들어주어야 할 작가의 책임감을 강요한다. 좀 더 경우가 없는 독자들은 친밀감을 강조하기 위하여 다른 작가들에 대한 험담을 늘어놓기도 한다. 아주 경우가 없는 독자들은 만남의 필요성을 끈질기게 내세우고 간혹 금품 지원을 호소하는 경우도 있다고 한다. 유명세를

치르는 방식이라고 생각하면 그다지 억울해할 일이 아닐지도 모른다. 이런 열성 독자들에 시달리는 작가들은 전화를 스스로 받는 법이 별로 없으며, 대개는 녹음 수신 방식을 작동시켜놓는다. 이즈음에는 인터넷에 자신의 홈페이지를 개설해놓고 독자들과 소통을 시도하는 작가들도 늘어나고 있는데, 홈페이지 게시판에 올려놓는 독자들의 원색적이며 도발적인 주장과 비난에 홈페이지를 도로 폐쇄해 버리는 작가들도 있다.

그런데 작가들이 더 불편해하는 다른 종류의 독자들도 있다. 이런 유형의 독자들은 일반 독자들이 부러워할 정도로 작가들과 개인적인 관계를 맺을 때가 많다. 그러므로 그들은 작가들과 스스럼없이 만나며 함께 식사를 하거나 술을 마시기도 한다. 그들은 문학평론가나 출판사의 편집자, 또는 언론 매체의 문학 담당 기자라는 직함을 갖고 있다. 그들은 때로는 편협한 기준에 따라서, 그리고 때로는 상업적인 목적을 위하여 작가들의 작품을 평가해주거나 홍보해주는 역할을 한다. 이들과의 긴밀한 관계가 정당한 〈공생〉이 아니라 왜곡된 〈기생〉의 조건으로 작가들에게 느껴질 때가 많은 것도 사실이다.

그리하여 이러한 독자들의 반응과 역할이 점

점 작가들을 외롭게 만들고 있다. 일반 독자들의 문학 외적인 호기심이나 전문 독자들의 작품에 대한 편견과 이해타산이 작가들의 창작에 대한 열정을 위축시키고 있다. 그리하여 이제는 돈도 명예도 별로 누릴 것 없는 문학의 자리가 완전히 뒷전으로 밀려나 버릴까 걱정스럽다. 독자들이여, 책 속에 머물라.

문학상 유감

지방자치제가 시행되면서 문학상이 늘어나고 있다. 지역의 발전을 도모하기 위하여 문화행사에 대한 투자가 필요하다는 취지로 해당 지역 출신 문인을 기리는 문학상이 활발하게 제정되고 있는 것이다. 그런데 뜻만 앞서다 보니 문학상 운영에 차질이 발생하거나 불화가 초래되기도 한다. 작년에 어떤 지역에서 제정한 문학상의 경우에는 상금을 그 지역에서 발간하는 문예지에 희사할 것을 권유받은 수상시인이 모욕감 때문에 작은 소동(?)을 일으켰다가 주최 측 인사의 사과를 받고서야 수상을 허락하는 진풍경을 연출하기도 하였다.

지방자치제가 시행되기 전에도 우리나라에는 이미 엄청나게 많은 문학상이 존재하고 있었다. 그 수가 자그마치 백여 개가 넘는다고 한다. 문예지 숫자만큼이나 많은 문학상이 존재하는 셈이다. 하기는 프랑스에도 이삼백 개의 문학상이 있다고 하니 상 주고받기를 좋아하는 풍토가 우리 나라에만 마련되어 있는 것은 아닌 성싶다. 그렇게 많은 문학상 중에는 대단한 상금을 건네주는 것도 있고 상금 대신에 뜻있는 기념품을 선사하는 것이 있는가 하면 시상식만 개최하는 문학상도 있다.

문제는 그 많은 문학상이 제각기 독특한 위상과 역할을 감당하지 못하고 있는 점에 있다. 우리나라의 문학상들은 한결같이 그해의 가장 뛰어난 문학작품을 수상작으로 선정한다는 보편적인 심사기준을 내세우고 있다. 그렇다면 한 해에 수상 되는 백여 편이 넘는 작품들이 모두 그 해를 대표할 만한 작품이란 말인가? 아마도 그것은 무망한 욕심일 것이다. 왜냐하면 많은 문학상이 타협과 절충의 심사 과정을 거치는 동안 제정된 취지에 부합되지 않는 결과를 발표해 놓고 있기 때문이다. 심사위원들의 의견이 상충할 때에는 어부지리로 엉뚱한 작품이 수상작으로 선정되는 경우도 있다. 또는 심사위원들의 판단이 무시되고 주최 측의 이해관계가 고려되는 수상작품의 경우도 있다고 들었다. 심지어는 작품의 우수성과는 상관없이 해당 지역 출신 문인에게 수상의 기회가 마련되는 경우도 있다는 소식을 들었다. 이러한 모든 문제점은 문학상의 내실보다 명분을 앞세우기에 급급한 결과로 만들어진 것으로 생각한다. 그렇다면 문학상의 내실을 다지기 위하여 마련되어야 할 대책은 무엇일까?

무엇보다도 각각의 문학상들이 특성화된 문학의 가치를 기리는 입장에서 수상작품을 선정하는 입장의 변화를 보여야만 한다. 특히 작고 문인의 유업을 기리는 취지에서 문학상이 제정된 경우에는 작고 문인의 문학관을 계승하거나 그것과 유사한 문학 작업을 선보이는 작품들 속에서 수상작을 선정하는 것이 마땅하다고 본다. 가령 〈소월문학상〉과 〈김수영문학상〉의 수상자가 같은 시인이라면, 그것도 비교적 올곧게 자기 스타일을 견지해온 시인에게 완전히 다른 성격의 문학상이 함께 주어지고 있는 작금의 현실은 개선될 필요가 있다. 문학의 다양한 가치를 보존하고 발전시키는 일에 〈소월문학상〉과 〈김수영문학상〉의 역할이 구분되지 않는다면 구태여 두 가지 문학상이 함께 존재할 이유는 없는 것이다. 더욱 착잡한 사실은 두 가지 문학상이 처음에는 나름대로의 성격을 보존하다가 차츰 그러한 성격을 상실해버리고 있다는 점이다. 이러한 유명무실의 결과가 어쩌면 문학에 대한 관심의 위축과 결부된 것 같아서 마음은 더욱 착잡하기만 하다. 부디 〈백화제방〉의 문학상이 우리 문학의 다채로움과 풍요로움을 마련하는 일에 좋은 밑거름이 되기를 기대해본다.

등단 뚜쟁이의 역할

얼마 전에 대학에서 정년퇴직한 중진시인은 문단에서 평판이 그다지 좋지 못했다. 이유는 그가 문인 지망생들에게 등단을 미끼로 금품 헌납과 같은 뒷거래를 알선하고 다닌다는 소문이 떠돌기 때문이었다. 대체로 문단에서 별로 인정해주지 않는 문예지의 편집위원이나 자문위원 역할을 떠맡고는 등단을 원하는 아마추어 문인들에게 잡지의 문호를 널리 개방해주는(?) 일에 앞장서 왔다는 것이다. 그에게 포섭된 문인 지망생들은 문예지에 추천이나 신인상을 빋는 조건으로 수백 권의 잡지를 사들이거나 그만큼의 금품을 잡지사에 제공해야만 하며, 문예지들은 매 호 발간할 때마다 이런 방법을 통해 신인들을 무더기로 등단시켜 왔다는 것이다. 그러면 오로지 신인을 등단시켜 벌어들이는 수익만으로도 문예지를 발간하는 데 필요한 자금을 확보할 수가 있다는 것이다.

그런데 더욱 큰 문제는 등단 뚜쟁이 역할을 감당하는 저명한(?) 문인이 문인 지망생들에게 거짓 정보를 알려주는 일까지 서슴지 않는다는 점에 있다. 거짓 정보의 내용은 대부분의 문예지가 그러한 방식으로 신인을 배출한다는 것이다. 그러한 거짓 정보를 흘리는 까닭은 자신의 뚜쟁이 역할과 사기극에 가까운 등단 방식을 합리화하려는 데 있다. 결과적으로 이러한 꼬임에 넘어가는 문인 지망생들은 이중으로 참담한 절망을 맛보게 된다. 먼저 권위를 인정받는 문예지들 중에 그런 방식으로 등단 절차를 마련해놓는 곳이 없다는 사실을 깨닫고는 절망하며, 동시에 자신과 같은 방식으로 등단한 문예지 출신들을 문단에서 인정해주지 않는 풍토에 다시 한 번 절망하게 되는 것이다.

그렇다면 이런 부작용을 초래하는 등단 관행이 제거되지 않고 암암리에 받아들여지고 있는 까닭은 무엇일까? 그 까닭은 무엇보다도 글 쓰는 일의 명분을 존중해주는 사

회풍토에서 비롯된 것으로 보인다. 작가나 시인, 또는 수필가로 행세하는 것이 명함을 주고받고 직함 내세우기를 좋아하는 우리 사회에서 명예를 높이는 데 크게 기여할 수 있다는 믿음을 대부분의 문인 지망생들이 갖고 있는 것이다. 게다가 대학의 평생교육원이나 공공기관에서 마련해놓은 문화센터의 창작지도 프로그램이 글쓰기의 보람을 실천에 옮기려는 무수한 아마추어 문인들을 배출해 놓은 점도 이러한 등단의 부작용을 존속하게 만들어주는 원인으로 작용하고 있다. 젊은 시절에 품었던 문학의 향수를 뒤늦게 맞이한 글쓰기의 보람으로 가꾸는 이들에게 등단제도와 문인이라는 호칭은 인생의 장밋빛 목표로 삼기에 부족함이 없는 것이다. 게다가 이들은 경제적 여유도 갖추고 있으므로 문단 뚜쟁이의 맞춤한 먹이 목표물이 될 수밖에 없다.

이렇게 부정한 방식으로 등단하는 문인들을 포함하여 전국적으로 엄청나게 늘어난 문예지들이 많은 신인을 배출함에 따라서 한국 문인의 숫자는 지난 10여 년간에 수천 명 단위에서 수만 명 단위로 늘어나게 되었다. 이제는 전국적으로 수십 개나 생겨난 대학의 문예창작과도 문인 배출 증가에 크게 기여하고 있는 현실이다. 그렇다면 대학의 문예창작과나 평생교육원, 또는 공공기관의 문화센터에서 문학 창작을 지도하는 위치에 있는 사람들은 모두 등단 뚜쟁이의 역할에 대한 부담을 완전히 떨쳐내기가 어렵다. 다만 앞에서 말한 문단 뚜쟁이들과 달리 이들은 부정한 방식으로 등단 거래를 성사시킬 의도를 갖고 있지는 않다. 그러나 교육과정을 마친 제자들의 수가 늘어날수록 이들도 제자들의 등단 결과로 자신의 교육 능력이 평가받는 부담을 떨치기가 어렵다. 그러한 등단의 부담이 커질 때 문학선생들은 과연 어떠한 방법으로 정당한 거래를 성사시킬 것인가? 우리 등단제도의 명암은 어쩌면 이러한 뚜쟁이들의 손에 달려있는지도 모른다.

세계 책의 날

4월 23일은 〈세계 책의 날〉이다. 우리나라도 지난 일요일에 전국의 10여 곳에 이르는 대형서점에서는 독자들을 위한 특별행사를 벌였다. 나는 경기도 분당의 〈서현문고〉에서 마련한 행사에 참여하였다. 소설가 구효서 씨와 이순원 씨를 초대하는 〈독자와의 만남〉 프로그램 진행을 맡으면서 최근에 불어닥친 불황으로 책 읽기를 멀리하는 독자들을 서점으로 다시 끌어들이려는 출판계의 고심과 노력을 목도할 수가 있었다. 그 서점에서 주최하는 행사를 위해 출판사들은 2천여 권에 이르는 도서를 기증하여 서점에서 무료로 독자들에게 나

누어줄 수 있도록 했던바, 작가는 물론이거니와 연예인들까지 나서서 책에 서명을 해서 나누어 줄 뿐만 아니라 서점에서 별도로 준비한 경품과 기념품, 그리고 빵과 음료까지 선물하는 축제의 풍경을 그저 기쁜 마음으로만 바라볼 수는 없었다. 그 장면은 마치 백화점이나 대형 할인매장에서 수시로 개최하는 경품 바겐세일과 흡사해 보였다. 책이 그저 물질적 욕망을 부추기고 충족시켜주는 상품처럼 취급되는 현실도 착잡해 보였거니와, 다른 상품에 비하면 수익성이 거의 없는 책을 그렇게 대규모로 나누어주는 모양은 빚내서 벌이는 잔치 같다는 느낌을 안겨주기까지 했다. 자세히 따져보지 않더라도 그날 서점을 방문하는 사람들 모두에게 한 권씩 책이 나누어졌을 것이라는 판단을 지우기가 어려웠다.

　　　그날 행사를 마치고 두 사람의 소설가와 서점 부근에서 저녁을 먹으며 우리는 더욱 착잡한 이야기를 나누게 되었다. 두 사람은 모두 최근에 소설집을 펴냈는데, 각 언론기관에 좋은 서평들이 보도되었음에도 불구하고 독자들이 자신들의 소설집을 많이 사보리라고 기대하지는 않고 있었다. 그들은 창작을 통한 경제적 보상을 회의하고 있었다. 그럼에도 불구하고 생활의 방편을 위하여 교직을 비롯한 다른 직업을 얻는 것을 고려하지는 않고 있었다. 그러므로 그들은 그야말로 〈배수의 진〉을 치고 있는 심정으로 매일매일 글을 쓴다고 고백하였다. 지금보다 생활이 더욱 어려워지더라도 계속 창작에 전념하겠노라는 의지를 밝히는 그들의 모습은 결연하였지만 내게는 눈물겨웠다.

그렇다면 그들의 결연한 의지와 피땀 어린 노력으로 쓰여진 책을 그렇게 마구 뿌려대도 좋은 것일까? 〈세계 책의 날〉을 맞이하여 우리는 오히려 점점 본래의 소중한 가치를 잃어가는 책의 모습을 돌이키거나 그것의 새로운 가능성을 모색하는 일과 연계된 행사를 벌여야 하는 것이 아닐까? 책이라고 하는 것이 일시적인 쾌락과 정보를 제공하는 읽을거리로서의 존재 가치를 뛰어넘는 속성을 간직하고 있으며, 바로 그러한 점 때문에 도서관이나 장서의 역할이 마련되고 교육이 성립할 수 있다는 사실을 우리는 다시금 새겨볼 필요가 있는 것이다.

국민들에게 책의 판매가치보다 존재가치를 먼저 상기시키고 바른 책 읽기를 교육하며 양서를 널리 보급하는 일은 무엇보다도 정부와 교육기관이 주도적으로 그리고 장기적으로 진행해 나가야 할 일이다. 그렇다고 해서 출판계와 서점 또한 이러한 책임에서 벗어날 수는 없다. 또한, 책의 판매가치를 증진하기 위해서도 지속적인 책 읽기를 교육의 수단으로 활용하고 홍보하는 일이 긴요하기 때문이다. 내년 〈세계 책의 날〉에는 책의 판매가치 못지않게 존재가치를 일깨우고 홍보하는 행사들이 많이 마련되기를 기대한다.

명품과 이미지 산업

1980년대 후반기였던 것 같다. 어떤 일간지 사회면에 당시로써는 얼른 납득하기 어려운 사건 기사가 실렸다. 지방 어느 도시 중학교 남학생이 운동화 때문에 자살을 했다는 내용이었다. 그 남학생은 낡은 운동화를 새것으로 바꾸어 달라고 어머니에게 부탁했는데, 어머니가 새 운동화를 사주었는데도 불구하고 스스로 목숨을 끊어버린 것이었다. 자살의 동기는 이러했다. 어머니가 시장에서 싸구려 운동화를 사주었는데 그 학생이 요구한 것은 〈나이키〉라는 유명 브랜드였던 바, 동급생 중에 유명 상표 운동화를 신고 있는 친구들이 많았기 때문에 그런 친구들과 연대감을 갖고 싶었던 것이다. 그러므로 그 중학생에게 필요했던 것은 실제로는 운동화가 아니라 〈나이키〉라는 명품 이미지였다. 자신이 원하는 〈이미지〉를 소유하지 못한다는 결핍감이 그 학생을 죽음으로 몰고 간 것이다.

최근 들어서 20대와 30대 젊은이들을 중심으로 명품 브랜드에 대한 관심이 증가되고 있다고 한다. 이미 20여 년 전에 어린 중학생의 비극적인 죽음을 통해 예견된 바 있는 명품 브랜드에 대한 집착은, 사실상 후기자본주의가 주도하고 있는 문화산업, 그중에서도 〈이미지 산업〉의 전략에 의하여 만들어지고 있는 것이다. 오늘날의 소비를 창출해내는 가장 큰 효과는 텔레비전과 같은 영상매체의 광고가 만들어내고 있는데, 그러한 광고들은 판매상품의 기능에 초점을 맞추지 않는다. 그러한 광고들은 오히려 상품의 디자인이나 상품을 통해 연상될 수 있는 특별한 이미지를 부각하는 데 초점을 맞추고 있다. 상품의 디자인 또한 상품의 기능과 조화를 이루지 않는 모양으로 제시될 때가 많다. 예를 들어 유선형 디자인이라면 속도감을 높이기 위하여 도입되는 것인데, 이제는 유선형이 속도감과 관계없이 그저 세련된 형상으로 채택될 때가 많은 것

이다. 그러므로 그러한 디자인들은 상품의 기능을 개선하는 데 별다른 도움을 주지 않는다. 그러면서도 소비자들은 단지 세련된 상품의 디자인을 소유하기 위하여 더욱 비싼 값을 지불해야만 한다. 그런데 소비자가 보다 비싼 값을 지불하고 구입해야 하는 명품의 경우에는 제품의 기능이나 디자인과 상관없이 오로지 브랜드 이미지 자체가 소비의 대상이 될 때가 많다. 그 자체로 아무런 실체를 간직하지 못하고 다만 상징적 가치만을 지니는 브랜드 이미지가 오늘날에는 소비를 통하여 신분의 차별을 정당화하는 고가품의 신분증으로 활용될 조짐마저 보이고 있다.

문학이나 예술이라고 하는 분야에는 예로부터 이미지라고 하는 것이 작품의 중요한 실체를 이루어 왔다. 그런 분야의 이미지들은 상징적 가치를 간직하면서도 이미지 자체가 자연의 풍경이나 사물과 같은 모양을 마음의 거울에 비추어주는 역할을 감당하였다. 그 이미지들은 삶과 현실을 진실하게 담아내는 그릇 역할을 감당하였다. 그런데 오늘날 문화산업이 생산하고 팔아먹는 상품의 이미지들은 상품의 기능과 분리된 이미지 자체를 상품화하는 경향을 보이면서 우리의 삶과 현실을 바꾸어 놓고 있다. 우리는 어쩌면 앞으로 실재하는 자연의 풍경보다 아름다운 자연이나, 우리가 실제로 경험할 수 있는 사랑보다 훨씬 황홀한 사랑을 영상매체가 제공하는 이미지의 세계 속에서 누릴 수 있게 될지도 모른다. 그런 점에서 가상현실 속의 자연이나 사랑은 고가의 상품으로 판매될 것이다. 그럼에도 불구하고 그것은 실체가 없는 환상의 세계, 이미지의 세계일 따름이다. 어쩌면 그것은 백 년 묵은 여우처럼 우리의 눈을 홀리면서 우리의 간을 파먹어버리는 비극을 초래할지도 모르는 것이다.

책 도둑과 책 거지

　　1990년대에 파격적인 작품을 잇달아 발표하여 문단 안팎으로 충격과 화제를 불러일으킨 바 있는 어느 작가는 서점에서 책을 자주 훔친다는 발언을 하여 술자리를 함께한 동료 문인들을 놀라게 하였다. 그 작가의 독서량은 엄청난 편이었는데 가난한 형편이 그런 행동을 불러일으켰을 것이다. 그런데 다른 한편으로는 〈책 도둑은 도둑이 아니다.〉라고 하는 과거의 사회적 통념이 그러한 행위에 대한 죄의식을 경감시켰을지도 모른다. 그런 행위에 비하면 애교로 보아 넘기거나 씁쓸하게 받아들여 줄 수밖에 없는 것이 빌려 간 책을 돌려주

지 않는 행위이다. 오히려 〈빌려 간 책을 돌려주는 일은 바보나 하는 짓〉이라는 통념이 유포되어 있을 정도다. 이러한 사회적 통념이나 행위들이 책의 가치를 하찮게 여기는 풍토에서 마련된 것은 아니라고 본다. 책을 훔치는 행위가 재물과 같은 이익을 탐하지 않고 순수하게 지식을 탐내는 의도에서 비롯되었다는 점을 이해해 주는 사회적 아량으로 보인다. 그렇다고 하더라도 책을 훔치는 행위가 절실한 독서 욕구와 그것을 해결할 길 없는 경제적 형편에서 비롯되지 않는다면 그러한 행위를 너그럽게 받아들여 주기는 어렵다. 더구나 서점에서 상습적으로 분실되는 책의 분량이 전체 판매량의 상당한 부분을 차지하게 될 경우, 서점에서는 자구책과 처벌기준을 강화하지 않을 수가 없다.

그런데 우리나라의 도서관 실태를 살펴보면 사람들이 서점에서 책을 훔치는 행위를 현재는 물론이거니와 앞으로도 한참 동안은 너그럽게 용서해 줄 수밖에 없다는 파격적인 생각을 해보게 된다. 우리나라의 전국에 마련되어 있는 국공립 도서관은 물론이거니와 각급 학교 도서관까지 대부분의 도서관에 국민들이 읽고 싶어하는 책들이 제대로 갖춰져 있지 않기 때문이다. 건물이나 시설만 마련되어 있을 뿐 도서관마다 장서가 미비해서 도서관을 찾는 시민들은 대부분 취업이나 각종 시험을 준비하는 학습 장소로 활용하고 있는 것이다. 도서관마다 도서 구입비라는 예산 항목이 있기는 하되 생색도 내기 어려운 액수에 불과할뿐더러, 그나마 일부 도서관의 경우에는 몰지각한 관리 직원들이 도서 구입비를 착복하는 대신에 구입 분량을 맞추기 위하여 싸구려 전집 종류를 덤핑 가격으로 사들여 서가만 채워놓는 경우도 있다고 한다.

형편이 이렇다 보니 전국의 도서관마다 〈책 거지〉 노릇하기에 여념이 없다. 도서관 직원들은 서울에 몰려 있는 유수한 출판사에 수시로 협조공문을 보내 책을 기증해 주도록 부탁하는 것이다. 내용에 상관없이 아무 책이나 많이만 보내주면 고맙겠다는 그러한 협조공문은 마치 각설이가 여염집 대문 앞에서 하염없이 불러대는 장타령과 다를 바가 없어 보인다. 그런데 기가 막힐 노릇은 대한민국의 출판사들이야말로 빚내서 거의 울며 겨자 먹기로 문화사업하는 입장인지라 책을 기증할 여력을 갖고 있지 않다는 점에 있다. 아니 워낙 책이 읽히지 않고 팔리지도 않으니 서점에서 반품 처리된 책을 기증해줄 수도 있을 것이다. 그러나 많은 출판사들은 그러한 도서관의 입장을 차가운 시선으로 외면하고 싶어한다. 왜냐하면 시설 유지비와 인건비 같은 도서관의 운영자금은 절약하지 않으면서 도서관보다 훨씬 열악한 형편에 놓여 있는 출판사에 손을 벌리는 행위가 염치없어 보이기 때문이다.

결국 도서구입의 자구책을 마련할 여력이 없는 도서관들은 앞으로도 출판사에 계속 손을 벌리는 〈책 거지〉 노릇을 외면할 수가 없고 도서관의 서가가 속 빈 강정처럼 썰렁한(?) 이상 가난한 서민들은 책 읽기를 포기하든지 어쩔 수 없이 〈책 도둑〉이 되어버릴 것이다. 부디 정부와 기업체들이 문화진흥의 근간을 이루는 도서관의 순기능이 활성화되도록 도서구입 대책을 마련함으로써 우리 사회에서 〈책 도둑〉과 〈책 거지〉 풍토가 사라지기를 기대해본다.

선암사에서 만난 바보 물고기

사람들이 여행과 휴가를 가장 많이 떠나는 여름이 다가오고 있다. 어느 나라든 여행의 즐거움을 볼거리와 먹거리에서 찾는 습관은 변함이 없는 듯하다. 그러면서도 두 가지 몸으로 느끼는 즐거움의 균형을 찾기란 쉽지가 않은 법이다. 먹거리에 치중하면 몸의 움직임이 둔해지거나 게을러져 볼거리에 대한 욕심을 포기하기 일쑤이고 볼거리에 치중하면 몸이 지쳐 여행 자체가 부담스러워지기 쉽다. 이러한 균형을 찾으면서 여행을 음미하려면 현지 원주민의 안내를 받는 것이 제일 좋다. 특히 여행이 역사나 문화 유적지를 탐방하는 성격을 갖추려면 현지 전문가의 동행이 필수적이다.

　　　　대구를 방문할 때마다 나는 대구 시인들의 안내를 받아 사찰과 문화 유적지를 탐방하곤 한다. 한때는 난이나 수석을 채집하는 현장에 따라다녔던 적도 있다. 이하석, 문인수, 송재학, 장옥관 시인 등이 주축이 된 모임을 따라다닐 적마다 나는 먹거리에 치중하는 나의 못된 습관을 자주 확인할 수밖에 없었다. 낮이건 저녁이건 경치 좋은 곳에 퍼질러 앉아서 술과 맛난 음식을 먹는 궁리에 바쁜 나를 딱하게 여기며 그들은 바쁜 일정을 추스르기에 여념이 없었던 것이다. 내가 대구를 자주 내려가지 않게 된 까닭도 술을 별로 즐기지 않는 그들의 여행 습관 탓이다.

　　　　최근 몇 년 사이에 호남 시인들과 어울림이 잦아지고 호남지방을 자주 방문하게 된 까닭도 그곳을 방문하게 될 때마다 먹거리에 치우쳐 있는 나의 습관을 마다치 않고 흔쾌히 어울려주는 술 인심에서 비롯되었다. 그리하여 호남의 유적지 그중에서 유서 깊은 사찰 방문은 전날 폭음에 절어버린 심신을 씻어내는 역할을 톡톡히 해낼 때가 많았다. 나에게 부처와의 만남은 경내의 불당에서 이루어지는 것이 아니라 오히려 산문에 이르기까지 오랜 시간 걸어야 하는 숲길에서 이루어

지곤 하였다. 하염없이 이어지는 오솔길의 솔숲에서 들려오는 바람 소리와 계곡을 흘러가는 물소리가 속세의 번뇌와 마음의 때를 씻어 내리며 나로 하여금 삶을 반성하게 하였다. 나의 법당은 바로 그곳에 존재하고 있었으므로 숲길이 없는 사찰은 적어도 나에게는 이미 사찰로서의 존재의의를 상실할 수밖에 없었다.

선암사의 계곡에서 바보 물고기들을 만난 것도 바로 산문에 이르는 숲길을 유달리 좋아하는 인연에서 비롯되었다. 한여름의 피곤과 더위에 부어오른 다리를 쉬려고 동행한 현지의 소설가를 숲길에 놓아둔 채 홀로 계곡으로 내려간 나는 신과 양말을 벗고 찬 계류에 발을 담갔다. 그런 상태로 주위 풍경을 둘러보던 나는 발등의 간지러운 감각에 시선을 돌렸다. 아, 놀랍게도 내 발 주변에는 수십 마리의 작은 물고기들이 몰려들어 입으로 발등을 건드리고 있었던 것이다. 아마도 신발에 갇혀있던 발 냄새와 미세한 균들이 이들을 유인했던 것 같다. 나는 행여나 이들이 놀라 도망칠까 봐 물속에 있는 발을 움직일 수가 없었다. 그러나 물이 어찌도 찬지 마침내는 발을 움직일 수밖에 없었는데, 기가 막히게도 그 물고기들이 내 발이 움직이는 데로 따라오는 것이 아닌가. 그것들은 희한하게도 전혀 사람의 몸을 두려워하지 않고 있었다. 그 천진함이라니, 그것들의 몸놀림은 바로 이 선암사의 어떠한 기품이나 가르침보다 더욱 많은 깨달음을 안겨주고 있었다. 여행은 바로 이렇게 경이로운 대상과의 마주침을 통해 삶의 유전자를 변화시켜 놓는 역할을 수행한다. 따라서 먹거리도 볼거리도 여행의 참된 보람을 만들어낼 수는 없다. 마음보다 몸의 즐거움을 앞세우는 여행일수록 덧없다는 생각이 더해져 올여름에는 다시 선암사 계류의 물고기들을 찾아볼 생각이다.

시집을 펴내는 마음

　　문학평론가라는 직함을 갖고 있고 문예지 편집을 하다 보니 새로 발간되는 시집들을 자주 받아보게 된다. 보통은 일주일에 한두 권, 많게는 서너 권의 시집을 우편함에서 꺼낼 때마다 기쁨보다는 안타까움이나 한숨이 절로 나온다. 그러한 나의 반응은 시집이 너무 많이, 또는 너무도 쉽게 발간되는 현상에 대한 안타까움이며, 받아보는 시집들을 제대로 읽어보지도 못하고 쌓아두어야 하는 나의 무성의함을 자책하는 태도이기도 하다. 지금도 어떤 분들은 시집을 받을 때마다 보내준 시인에게 감사의 말이나 읽어본 소감을 편지나 엽서로 띄

운다고 한다. 그런 분들은 대체로 연령층이 높은 편이다. 그분들은 시집을 펴내기가 어려운 시절에 시를 읽거나 쓴 경험이 있으므로 시집을 받는 일을 매우 소중한 체험으로 받아들이고 있는 것이다. 그런 분들의 성의에 비하면 시집을 보내준 분들에게 편지는커녕 전화 한 통화 제대로 넣지 못하는 불성실이나 무책임을 어떻게 사죄하고 보상해야 할지 시집을 받을 때마다 그저 난감할 따름이다.

그렇다면 언제부터 우리 사회에서 시집을 어렵지 않게, 그리고 많이 펴내는 환경이 마련되었을까? 그러한 환경의 근원을 거슬러 올라가면 이른바 〈시의 시대〉라는 1980년대의 현실을 꼽아볼 수가 있을 것이다. 100만 부의 판매 부수를 돌파하는 시집을 배출해내는 기록이 생겨난 것이 1980년대 중반부터였고, 그러한 기록의 대표적인 사례가 바로 서정윤의 『홀로서기』인 것이다. 1980년대의 현실 속에서 주목할 만한 사실은 『노동의 새벽』과 같은 정치성이 짙은 시집도 100만 부에 육박하는 판매고를 올렸다는 점이다. 그 시대에 시를 쓰고 시집을 펴내는 일은 암울한 현실에 참여하거나 견뎌내는 가장 의미 있는, 따라서 사회적으로 가장 주목을 받는 문화적 활동이었을 것이다. 그러나 시인의 수를 늘려 놓고 시집 발간의 기회를 확대해준 결정적인 환경은 1990년대의 사회적 현실이 마련해 주었다. 민주화가 되고 출판등록의 허가제가 신고제로 바뀌면서 수많은 문예지와 무크지, 동인지들이 쏟아져나오게 되었고 이러한 지면들을 통해 수많은 시인들이 새로 배출되었다. 믿을 만한 통계조사에 따르면 1990년대 이전의 시인 숫자에 비해 2000년도에 접어든 시인 숫자는 곱절 이상으로 늘어났다고 한다. 시인의 수에 비하면 시인 지망생의 수를 늘려놓는 데 크게 기여한 것은 문화센터와 평생교육원, 그리고 1990년대 말부터 급속하게 늘어나기 시작한 대학의 문예창작과에서 시행한 시창작 실습교육이다. 이러한 교육기관의 역할이 단지 시를 이해하고 즐기는 향수층을 만들어내는 데 머무르지 않고 직접 시인이 되거나 시집을 펴내고 싶어하는 시인 지망생의 숫자를 기하급수적으로 늘려놓은 것이다.

이제 시인이 되기는 어렵지 않다. 그야말로 농담처럼 〈전국민의 시인화〉가 가능해져 버린 시대가 되었다. 그리고 자비출판의 형식으로 시집을 펴내는 일도 아주 수월해져 버렸다. 그 결과로 우리 시는 〈다산성의 시대〉를, 적어도 양적으로는 풍요의 시대를 구가하게 되었다. 그런데 생산의 측면에서는 풍요로움을 구가하는 시의 형편이 소비의 측면에서는 궁핍의 사태를 초래하게 되었다. 좋은 시집들은 이제 초판으로 발간되는 2,000부나 1,500부조차도 독자층에게 판매되기 어려운 형편이 되어버렸다. 그야말로 역 피라미드의 모양이 만들어진 셈이다. 시 생산자 집단의 크기가 시 소비자 집단의 크기보다 커져 버린 기형의 모양. 이제는 누구나 시를 쓰고 싶어한다. 그러나 시를 읽으려고 하는 사람들은 점점 줄어들고 있다. 좋은 시 쓰기는 좋은 시 읽기를 바탕으로 마련된다. 시 읽기를 그다지 사랑하지 않는 시인 지망생들이 좋은 시 쓰기를 감당할 수 있을까? 그런 점에서 시집으로의 초대보다 시 독서 모임으로의 초대가 더 반갑고 기다려진다.

〈여름 시인학교〉를 찾아서

해마다 여름이 찾아오면 아름다운 자연을 끌어안고 있는 해변이나 산자락에서는 문화행사가 열려 그곳을 찾는 관광객이나 문화예술 애호가들의 관심과 참여를 유도한다. 행사 규모가 크지는 않더라도 비교적 오랜 전통을 갖고 있으며 여러 단체들이 개별적으로 주최하여 이제는 거의 공식적인 연례행사로 자리를 잡은 대표적 문화행사로 〈시인학교〉를 꼽을 수가 있다. 시인과 시를 사랑하는 독자들이 함께 모여서 시를 낭송하고 시에 관한 강좌를 들으며 자유로운 어울림의 기회를 갖는 이 행사가 이제는 그 수를 헤아리기 어려울 만큼 많아졌다. 서울과 지방의 문예지를 중심으로 여러 문학단체가 매년 여름마다 1박 2일이나 2박 3일의 일정으로 개최하는 〈시인학교〉는 문학의 축제적 성격을 부각해 나날이 위축되어가는 문학의 대중적 지지 기반을 확산시키려는 취지로 마련된 것이다. 더구나 지방자치제가 실시되면서 문화행사를 지역의 특화된 관광상품이나 콘텐츠산업으로 개발하려는 의욕이 분출함에 따라 〈여름 시인학교〉는 양질의 문화행사로 치러질 수 있는 재정 지원을 기대할 수도 있게 되었다.

그런데 문제는 즐겁고 의미로운 문화행사로서 문학 애호가들의 사랑을 받아야 할 이 행사가 진행되는 형식이나 내용에서 지나치게 고답적이거나 낙후된, 그리고 경우에 따라서는 매우 불성실한 모습까지 보여줄 때가 많다는 점에 있다. 두드러진 문제점을 꼽아보자면 앞에서도 언급했듯이 모든 〈시인학교〉 행사가 천편일률적으로 시낭송이나 유명 시인 특강, 그리고 백일장대회 등을 개최하고 있는 점을 꼽을 수가 있다. 이러한 프로그램이 여름에 개최되는 〈시인학교〉의 중요한 내용을 차지해서 안 되는 까닭은 사시사철 개최되는 문학행사의 단골 메뉴가 바로 이러한 것들이기 때문이다. 이러한 문학 행사들이 너무도 많이 개최되어서 이제 문학 애호가들은 이

런 행사에 귀를 정성껏 열어놓지 않게 되었다. 시낭송 프로그램만 하더라도 낭송자 본인과 그 사람과 친분이 있는 사람들만 들어줄 뿐, 나머지 사람들은 잡담을 나누거나 들락날락하는 경우가 많고 특강의 경우에는 거의 대부분 사람들이 졸기에 바쁘다. 이러한 프로그램의 단점은 근본적으로 문학 애호가들을 너무 수동적인 참여자로 고정해 놓은 점에 있다. 행사에 참여한 문학 애호가들은 마땅히 적극적인 참여자로 자신의 주체적인 관심과 능력을 발휘할 기회를 부여받아야만 하는 것이다. 사실상 그들은 기성 문인의 진지하지만 지루한 문학 강연이나 어눌한 시낭송보다는, 문학과 아름다운 자연과 심지어는 대중문화까지가 독특한 테마로 연계될 수 있는 프로그램, 그리고 무엇보다도 참여자의 막연한 관심이 적극적인 개성으로 탈바꿈하여 한바탕 신명 나게 발휘될 수 있는 현장체험의 기회를 원하고 있는 것이다.

〈시인학교〉가 문학 행사라는 점에서 글을 읽고 글을 쓰는 일로 프로그램을 채우겠다는 발상은 이제 진부하고, 어쩌면 시대착오적일 수도 있다. 그리고 근본적으로 글을 읽고 쓰는 행위를 그렇게 며칠 동안 수행했다고 해서 보람이나 결실이 주어질 수도 없다. 〈시인학교〉는 그저 짧은 문학축제의 현장일 따름이다. 그러므로 축제를 가르침으로 덧칠하여 축제의 즐거움을 훼손해서는 안 된다. 다만 축제이긴 하되 그것이 본래 문학축제라는 점에서 문학의 속성을 마음껏 누릴 수 있는 축제의 성격은 반드시 부각되어야 할 것이다. 그렇다면 문학의 속성 중에 축제처럼 누릴 수 있는 것이 무엇일까? 그것은 바로 상상력이다. 상상력은 문학의 가장 핵심적인 요소이면서 자연과 대중문화까지를 아울러 하나의 능동적인 게임으로 즐길 수 있는 축제의 테마일 수가 있다. 올해부터 〈여름 시인학교〉에서 상상력의 다채롭고 발랄한 축제가 불꽃으로 피어나기를 기대해본다.

말투에 대하여

근래에는 텔레비전에서 북한의 생활상을 보도하는 프로그램을 자주 접할 수가 있다. 그 프로그램들은 대부분 북한에서 직접 제작한 뉴스나 다큐멘터리를 편집만 하여 보여줄 때가 많다. 내용 중에는 우리에게 낯선 것들도 많은데, 그중에서도 가장 두드러진 것으로 말투를 꼽아볼 수가 있다. 뉴스를 진행하는 아나운서나 다큐멘터리를 진행하는 해설자의 말투가 자연스럽게 들리지 않는 것이다. 그 말투는 경직되거나 과장된 표현 양식을 보여준다. 그런데 흥미로운 것은 그러한 말투가 우리에게 지나가 버린 시절의 추억을 떠올리게 하여

준다는 점에 있다.

1960년대에 극장을 자주 찾던 세대라면 영화
가 상영되기 전에 의무적으로 보아야 했던 〈리버티 뉴스〉(나중
에 그것은 〈대한뉴스〉로 제목이 바뀌었다.)를 기억할 것이다. 그 뉴스
를 진행하던 아나운서의 말투가 바로 오늘날 북한의 언론기관
에서 공식적으로 사용되는 말투와 흡사했던 것이다. 어디 그뿐
이랴. 그러한 말투는 1970년대와 1980년대에 이를 때까지도
우리 사회의 곳곳에서 상용화되고 있었다. 그 무렵에 노래자랑
대회나 웅변대회에 출연하는 어린이들은 마이크 앞에서 자기
소개를 하거나 연설문 내용을 읽어내려갈 때 그렇게 경직되고
과장된 말투로 자기 의사를 표현하곤 했다. 2000년대에 접어
든 지금도 비무장지대 철책선에서 보초를 서는 사병들에게 마
이크를 들이대면 그러한 말투로 의사 표현을 할 것이다. 그
렇다면 이러한 말투를 우리에게 가르치거나 강요한 사회의 현
실과 제도는 과연 무엇일까?

그러한 현실과 제도를 찾아보려고 할 때 제일
먼저 떠오르는 것은 개인의 자유와 권리보다 집단이나 국가 전
체의 질서와 가치를 내세우는 전체주의의 모습이다. 우리 사회
에서 그렇게 경직되고 과장된 말투를 교육 현장에서 가르치고

널리 유포시킨 전통이 일제 식민지 시대부터 비롯되었던 상황을 돌이켜보면 일제의 군국주의가 그러한 전체주의의 근원을 이룬다는 사실을 짐작할 수가 있다. 착잡한 것은 해방 이후에 그러한 일제의 유산이 제대로 청산되지 못하고 1960년대 이후의 군사독재체제로 변칙 강화되어 계승됐다는 점에 있다. 아침 조회 시간이면 차렷 자세로 암송해야 했던 〈국민교육헌장〉과 〈국기에 대한 맹세〉는 전체주의의 이데올로기를 세뇌하는 효과적인 장치였다. 엄숙한 표정으로 크게 외쳐야만 했던 그러한 공식적인 언어들이 우리의 일상적인 말투마저 길들이고 장악해왔다. 몇 달 전에 어느 국회의원이 〈국기에 대한 맹세〉 폐지를 건의한 것도 그러한 우려에서 비롯되었을 것이다.

1990년대에 들어서면서 우리 사회가 민주화되고 언론의 자유가 보장되면서 크게 변화된 것으로 우리의 일상적 말투를 꼽아볼 수가 있다. 이제는 언론기관에서 마이크만 들이대면 어른이건 어린아이건 아무런 거리낌 없이 자신의 생각과 느낌을 자유롭게 토로하는 모양을 흔하게 목격할 수가 있다. 혹자 중에는 그러한 변화를 마이크에 대한 두려움을 사라지게 하여준 〈노래방 문화〉의 공으로 돌리기도 한다. 그러나 이유야 어쨌건 그러한 말투가 우리의 경직된 전체주의적 사고와 문화를 자연스럽게 뿌리 뽑는 일에 크게 기여하고 있다는 사실을 부정하기는 어렵다. 그러면서도 우리 시대의 거침없는 말투 속에 넘쳐나는 즉흥적인 사고와 말초적인 느낌이 삶의 진실을 가리거나 위축시키는 데 일조하는 것은 아닌지 걱정스럽기도 하다. 부디 그러한 우려가 전체주의적 이데올로기에 오염된 세대의 편견이거나 기우이기를 바란다.

문학 교육의 문제점

　　내가 고등학교에 다니던 1970년대만 하더라
도 〈문학〉이라는 교과목은 존재하지 않았다. 〈문학〉은 〈국어〉
과목 일부분으로 가르쳐졌을 뿐이다. 1980년대에도 그러한 사
정은 별로 달라지지 않았으며 〈문학〉이 독립된 정식 교과목으
로 채택된 것은 1990년대부터였다. 문학과 관련된 일에 종사
하는 사람으로서 이러한 변화가 반갑고 고무되는 느낌을 받는
것은 당연하다. 우리의 학교 교육에서 문학의 가치와 역할이
존중되어 문학의 전문적 교육이 시행되었기 때문이다. 그 결과
로 우리 고등학생들은 문학 교과서를 받고 본격적인 문학 수업

을 받게 되었다. 따라서 겉으로 드러난 변화만 주목하면 바람직한 결실을 거둔 것처럼 보인다. 그러나 문학 교과서의 내용을 살펴보고 문학 수업의 실제 내용을 살펴보면 과거 국어 수업 시간에 다루어지던 문학의 교과 내용과 크게 달라지지 않았다는 사실을 발견하게 된다.

우선 문학 교과서의 내용이 안고 있는 제일 큰 문제점은 문학 작품을 감상하는 학생들의 자발적인 느낌과 생각을 존중하고 표현할 수 있도록 작품 이해와 평가의 기준을 마련하지 못하고 있는 점에 있다. 작품 감상의 기준이 지나치게 까다롭거나 편협한 내용으로 제시되어 있을 때가 많은 것이다. 그러한 기준은 어쩌면 대학에서 국문학을 전공하고 싶어하는 학생들에게나 어울려 보이기도 한다. 문학을 감상하는 즐거움보다 문학의 엄숙하고 복잡한 가치를 논리적으로 깨우치게 하는 데 주력하는 그런 기준이야말로 우리 시대에서 문학에 대한 사회의 관심을 위축시키거나 소멸시키는 데에 이바지할 것이다. 고등학교 시절부터 문학을 그렇게 어렵고 지루하게 배워야만 한다면 그런 학생들이 성인이 되어서 문학을 가까이하고 싶은 의욕을 가질 수 있겠는가.

그러나 이러한 기준의 문제점도 우리의 교육

환경이 안고 있는 가장 근원적인 문제점에 비하면 크게 두드러져 보이지는 않는다. 우리의 문학 교육이 안고 있는 가장 큰 문제점은 대학 입시를 통과하려는 방편으로 학생들에게 가르쳐지고 있다는 점이다. 그러한 점에서 현재의 문학 교육은 지난날의 국어 교육과 거의 다를 바가 없다. 문학 교육은 대학입시에서 높은 점수를 획득하기 위한 지식이나 공식 이상의 역할을 감당하기가 어려운 것이다. 그러므로 작품 감상은 몇 가지 유형화된 이해와 평가의 내용을 반복하여 익히고 암기하는 학습 과정에 불과할 따름이다.

문학 교육을 전담하고 있는 선생들의 문학에 대한 식견과 열정도 큰 문제점으로 거론할 만하다. 대체로 고등학교에서 문학을 가르치는 사람들은 예전의 국어 교사들이다. 그들은 국어로부터 독립된 문학 과목을 가르치기 위하여 별도의 장기적이며 전문적인 교육을 받지 못하고 있다. 그들은 예전의 국어 선생들이 감당했던 문법과 작문, 그리고 문학을 함께 가르쳐야만 하는 것이다. 문학은 독립 교과목이 되었는데 가르치는 교사는 독립 교과목을 감당할 만한 능력과 책임을 부여받지 못하고 있는 것이다.

따라서 이제부터라도 문학 교육을 바르게 실

시하기 위해서는 무엇보다도 학생들의 문학에 대한 관심을 북돋고 좋은 작품을 즐겁게 감상할 수 있는 수업의 내용이 마련되어야만 한다. 문학 교육이 입시의 방편을 모면하기 어려운 오늘날의 현실 속에서 그러한 수업의 내용이 마련되기는 매우 어려워 보인다. 그럼에도 불구하고 학생들의 자발적인 즐거움을 일깨우는 교과 내용이 마련되고 그 내용을 실감 나는 현장 교육으로 전달해줄 수 있는 교사층이 확보된다면(작가와 시인들이 고등학교에서 문학 교사의 역할을 감당하는 것도 하나의 방법일 것이다) 문학 교육은 새로운 활력을 마련하여 바른 가치를 만들어 나갈 수 있을 것이다.

〈볼거리〉의 제국

언제부터인가 서점에서 독자들의 사랑을 받는 책들이 간직하고 있는 공통된 특징을 살펴보면 〈읽는 책〉의 역할 못지않게 〈보는 책〉의 역할이 강조되고 있는 점을 발견하게 된다. 그런 측면에서 보자면 출판사에서 책을 펴낼 때 내용만큼이나 표지 제작에도 신경을 쓰고 있다는 것은 이미 널리 알려진 사실이다. 그런데 요즈음에는 책의 표지는 물론이거니와 내용도 시각적인 디자인의 대상이 되어가고 있다. 예전처럼 책의 본문은 그저 글자들로 빼곡하게 채워져 있는 모양을 보여주는 데 안주하지 않는 것이다. 이제 책의 내용을 차지하

는 것은 글자뿐만 아니라 그림이나 사진 같은 것들이다. 특이한 점은 흥미본위의 책보다 오히려 교양도서일수록 이러한 본문의 시각적 특징이 강화되고 있다는 사실이다. 그렇다면 어떠한 계기로 이러한 변화가 촉발되었을까?

아마도 이러한 변화를 촉발한 가장 큰 원인은 텔레비전과 인터넷 같은 영상매체의 영향력일 것이다. 후기자본주의 사회에서 영상매체들은 사람들의 일상생활을 시각적 쾌락의 수요와 공급이라는 시스템 속에 가두어 놓는 역할을 수행한다. 삶의 일상을 만족시켜주는 척도는 매 순간 〈볼거리〉를 누리느냐 그렇지 않느냐 하는 것이다. 젊은 세대일수록 이러한 삶의 척도에 대한 기대감이 증폭되고 있어서 잠시라도 텔레비전이나 인터넷, 핸드폰을 멀리하지 못한다. 그들은 주말이면 복합영화상영관을 찾아가 〈볼거리〉 중심으로 대부분의 시간을 소비한다. 그곳은 단지 영화를 감상할 뿐만 아니라 먹고 마시며 쇼핑을 하고 레저 활동을 즐길 수 있는 종합생활관의 역할을 한다. 주목할 점은 그러한 소비생활의 중심을 영화라는 〈볼거리〉가 차지하고 있다는 사실이다.

얼마 전 언론매체에서는 작년도 대통령 선거에 가장 큰 영향을 미친 세대의 특징과 가치관을 분석하면서 그들 세대가 〈옳은가 그른가〉라는 윤리적 관점보다 〈좋은가 싫은가〉라는 정서적 관점, 혹은 쾌락적 관점을 중요하게 받아들인다는 결론을 제시하여 사회에 신선한 충격을 불러일으킨 바 있다. 주로 20대와 30대가 대부분을 차지하고 있는 이들 세대의 그러한 가치관이야말로 후기자본주의가 영상매체의 〈볼거리〉를 통해 자연스럽게 세뇌한 결과가 아닌가 의심스럽기도 하다. 삶의 모든 경험과 대상에 대한 판단이 생각보다 느낌에서 비롯된다는 사실 자체가 우려되는 것은 아니다. 문제는 그러한 느낌이 차분하고도 진지한 삶의 과정을 거치면서 마련된 것이 아니라 즉흥적이거나 피상적인 삶의 환경 속에서 마련되고 있다는 점에 있다. 영상매체가 제공하는 〈볼거리〉를 통해서 사람들은 몸의 변덕스럽고 말초적인 쾌락을 충족시켜 주는 생활습관을 갖게 된다. 〈볼거리〉가 자본주의의 인기상품으로 존재해야만 하는 숙명을 벗어던질 수가 없기 때문이다. 그 숙명이란 텔레비전의 시청률과 같은 것이다. 매 순간 좀 더 새롭고 강력한 자극을 보여줄 것, 모든 영상매체의 〈볼거리〉들은 이 원칙을 외면할 수가 없는 것이다.

　　　〈좋은가 싫은가〉를 가장 중요한 삶의 척도로 받아들이는 사람들이 그러한 〈볼거리〉의 충실한 소비자들이라면 우리의 문명이 제공하는 청사진은 밝지 못하다. 그러한 문명은 마치 브레이크가 파열된 채 질주하는 자동차의 모습과 흡사해 보인다. 육신의 눈으로 즐기고 감각이 짜릿해지는 〈볼거리〉보다 마음의 눈으로 차분하게 음미하는 〈볼거리〉를 사랑하는 문화적 환경이 아쉽고 그러한 문화적 환경을 가꾸려는 젊은 세대의 의욕이 사라져가는 것이 아쉽기만 하다.

모국어의 발전에 기여하는 문학

〈황순원문학상〉이나 〈이상문학상〉, 그리고 〈현대문학상〉처럼 한 해에 발표된 단편소설 중에서 가장 뛰어난 작품을 뽑아 상금을 주고 수상작품집을 펴내는 일은 어떠한 보람을 내세울 수 있을까? 어떤 사람들은 문학상을 제정한 언론사나 문예지가 한국문학의 발전에 기여한다는 명분을 내세우면서 수상작품집을 판매하여 거두어들이는 경제적 이익을 탐한다는 비판을 제기하기도 한다. 특히 문예지의 경우에는 몇 년 전까지 수상작품집을 판매하여 거두어들이는 수입이 만만치 않아서 문학상 제정의 취지를 곱지 않은 시선으로 보는 사람들이 꽤 많았다. 그러나 과연 그런 이득과 연관되어 있다고 해서 문학상을 그렇게 비판적인 관점에서 바라보아야만 할까? 그런 지적과는 반대로 문학상의 가치를 인정해 주는 사람들도 많다. 그중에서도 소설의 경우에는 문학상이 단편소설을 대상 분야로 삼는 것에 대하여 긍정적으로 평가하는 사람들이 많다. 언제부터인가 우리의 소설 독자들이 단편소설보다 장편소설을 선호함으로써 단편소설이 소외되는 현상이 벌어지고 있기 때문이다. 〈이상문학상〉의 경우에는 수상작품집이 해마다 베스트셀러가 되어 많은 독자에게 읽히는바, 이러한 경우를 단편소설에 대한 독자들의 관심과 호응을 진작시킬 기회로 활용할 수가 있는 것이다. 더구나 우리 소설의 발전과 성숙이 주로 단편소설 중심으로 이루어진 전통을 간직하고 있다는 점에서 이러한 기회는 소중하게 받아들여 질만 한 것이다.

그런데 문학상을 제정하는 일이 갖는 보람을 다른 관점에서 찾아내는 사람들도 있다. 그런 사람들은 해마다 우수한 단편소설을 선별하여 시상하는 일의 가치를 모국어의 발전이나 제도권에서 시행하는 국어 교육의 발전과 연계시키려고 한다. 모국어의 발전이라는 측면에서 문학작품의 가치를 인정하는 사람들은 우리 국민이 일상적으로 사용하는 구어체

와 문어체의 모범적인 문장들이 우수한 문학작품의 내용 속에 표현되어 있으므로 우수한 문학작품을 많이 읽혀서 국민들이 훌륭한 문장들을 사용할 수 있는 능력을 자연스럽게 배양해 주어야 한다고 주장한다. 실제로 예전의 고등학교 교과서나 현재 문학 교과서에는 대표적인 시와 단편소설들이 많이 수록되어 있다. 근대 유럽사회에서의 모국어 교육이 우수한 시작품을 암송하고 좋은 소설작품을 읽히는 훈련을 통하여 자신의 생각과 느낌을 세련된 문장으로 표현할 수 있는 능력을 함양시키는 일에 집중되었던 점을 돌이켜보아도 우수한 문학작품을 선정하고 널리 홍보하는 일이 갖는 보람을 넉넉하게 짐작할 수가 있다. 해마다 좋은 문학작품을 선별해내고 그것의 가치를 적극적으로 홍보하는 일은 사람들로 하여금 동시대의 좋은 문장들과 자연스럽게 접할 기회를 확대해 준다. 또한 각급 학교의 교과서에 실리는 작품들이 시대의 흐름에 맞추어 새롭게 바뀌어야 한다는 점에서도 해마다 우수한 단편소설들을 선별해 내는 일의 가치를 간과할 수가 없다.

그런 점에서 우수한 작품들을 선별하는 기준은 매우 엄격하고 세심하게 규정되어야만 한다. 우리나라의 문학상이 적지 않은 경우에 작품의 우수성보다 작가가 문단에서 차지하는 위치를 인정해주는 공로상의 성격을 갖거나 심사위원들과의 친분 관계를 고려하여 수상자가 선정되는 경우도 있기 때문이다. 문학상이 단지 문학의 발전과 성숙을 도모하는 일을 목표로 삼을 때에도 그것의 바른 가치를 수호하는 일이 긴요한데 문학상이 모국어나 국어 교육의 발전을 기약하는 일에 연계되어 있다면 우수한 문학작품을 가려내는 일이야말로 더할 나위 없이 바르고 튼튼하게 지켜져야만 할 것이다.

발효와 사귐의 이치

김치 종류 중에 〈묵은지〉라고 하는 것이 있다. 여행을 핑계 삼아 호남 문인들을 들쑤셔 그쪽 음식들을 맛보다 찾아낸 특이한 김치였다. 아마도 호남지방에서만 담그는 김치의 종류이다 싶은데, 오래 묵은 김치인데도 군내가 전혀 없고 씹히는 맛도 아삭아삭하다. 가난하게 자라난 세대인지라 반찬이 없던 시절의 입맛이 남아있어 김치에 대한 집착이 남다른 편이었다. 체면을 무릅쓰고 만드는 법을 캐물어 보니 아예 김장철에 따로 담근다는 것이다. 곰삭은 맛이 있어 쉰 김치를 특별히 갈무리한 것으로 예측했는데 판단이 빗나가 버

렸다. 처음부터 그렇게 곰삭은 맛으로 두고두고 먹기 위하여 별도의 간을 맞추어 놓는다는 것이었다.

이처럼 묵은지가 아무리 별미라고 하더라도 묵은 세월로 가치를 평가하는 것이라면 술을 능가할 수는 없다. 서양의 포도주나 위스키의 경우에 제조연도는 제품의 가치를 평가하는 가장 중요한 척도이다. 얼마 전에 영국 여왕의 즉위 50주년을 기념하여 시판한 50년산 위스키는 천만 원을 넘는 가격만으로도 세간에 화제를 불러일으킨 바가 있다. 하지만 이와 같은 경우라도 맛의 가치는 묵은 햇수만큼 발효된 효과를 인정해주는 것에 불과하다. 발효의 가치가 돈의 가치로 환산할 수 없을 만큼 건강에 미치는 효과가 크다는 사실이 입증된 것도 비교적 최근이다. 특히 몇 년 전에 사스라는 전염병이 전 세계를 강타하였을 때는 한국산 김치가 예방 효과를 본다고 하여 동남아에서 불티나게 팔린 적도 있다.

발효의 가치는 어떤 점에서 좋은 친구를 사귀는 이치와도 닿아있는 것처럼 보인다. 동양에서는 예로부터 벗과의 사귐에 깊은 뜻을 두었다. 먼 곳에서 찾아온 친구를 맞이하는 기쁨과 오랫동안 친구와 이별하는 슬픔을 새겨 놓은 가르침이나 시편들도 허다하다. 천하의 이치를 논하고 세상을 다스

리는 방편이 모두 친구와 격의 없이 나누는 대화 속에서 마련되는 사례들을 우리는 많이 보아 왔다. 또한 사귐의 내용 못지않게 중히 여긴 것이 사귐의 도리였다. 여름날 늦은 밤에 찾아온 친구와 밤새 술을 나누며 깊은 대화를 마치고 새벽에 떠나는 친구를 배웅할 때 구겨지기 쉬운 모시옷에 주름이 생기지 않는 경우를 들어 친구 사이의 흐트러짐이 없는 몸가짐을 강조한 것이 아마도 대표적인 사례일 것이다. 이러한 사례들은 모두 사귐의 멋이나 맛이 즉흥적으로, 혹은 순식간에 마련되는 것이 아니라는 사실을 밝혀준다. 벗과의 사귐에도 발효와 같은 일종의 숙성 과정이 요구되는 것이다. 그러한 숙성의 요소 중에서도 가장 으뜸가는 것은 신뢰일 것이다.

　　어릴 때 초등학교 도덕 교과서에 두 친구의 우정에 관한 이야기가 실려 있었다. 한 친구가 임금님의 미움을 사서 사형당할 처지에 놓이게 된다. 그런데 그 친구가 피치 못할 일로 고향에 다녀와야 하는 사정을 알고는 그 친구를 대신하여 또 다른 친구가 자청하여 감옥에 갇히게 된다. 사형 집행일이 다가오고 친구가 돌아오지 않자 임금님을 비롯한 주변의 사람들은 두 사람의 우정을 비웃고 친구를 대신하여 감옥에 갇힌 사람의 처지를 동정한다. 그러나 그 사람의 친구에 대한 신뢰는 조금도 흔들리지 않는다. 마침내 사형을 집행할 시간이 되었을 때 고향으로 떠났던 친구가 허겁지겁 달려와 늦어지게 된 자초지종을 밝히고 임금님은 두 친구의 우정에 감복하여 그 친구를 사면해 준다는 내용이다.

　　우리의 해묵은 명절인 추석을 맞이하여 오랜만에 만나는 가족과 친지들 사이에서도 이러한 발효의 멋과 맛을 만끽하는 자리가 마련되기를 기대해본다.

문학과 영화

대학에서 소위 〈학부제〉라고 하는 운영 체계를 도입한 이후로 취업이나 경제 현실에 직접 영향을 미치지 못하는 학과나 학문은 학생들로부터 외면당하는 상황이 전개되고 있다. 이러한 상황에 대처하기 위하여 각 학과마다 전공이나 교양과목의 명칭이나 내용을 변화시켜 학생들의 관심을 유도하려는 고육지책을 동원하고 있다. 그러한 방편으로 최근에 인문학부에서 학생들로부터 좋은 반응을 얻고 있는 과목으로 〈문학과 영화〉를 꼽아볼 수가 있다. 도시마다 문학 시적을 사볼 수 있는 책방은 문을 닫는 반면에 영화관 수는 기하급수적으로 늘어나는 추세에 있는 만큼 영화와 관련된 교과목에 학생들이 많은 관심을 보이는 현상은 자연스러운 것이다.

그런데 과목의 명칭이 〈문학과 영화〉인데다 이러한 과목이 개설된 곳도 인문학부인지라 영화에 관한 내용만 다룰 수는 없다. 그보다는 오히려 문학이 주요하게 다루어져야 하는 입장이라서 가르치는 선생도 영화보다 문학을 전공한 사람이 가르칠 수밖에 없는 형편이다. 문학을 전공한 사람이 문학과 영화를 관련지어 다루는 가장 평범한 방법으로 꼽아볼 수 있는 것은 원작소설을 가진 영화를 가르치는 것이다. 원작소설과 영화를 함께 감상한 후에 내용과 표현 형식을 비교하는 것이 구체적인 학습 과정일 것이다. 최근에는 영화팬들이 외국영화보다 우리 영화를 좋아하는 터라 자연스럽게 우리 소설을 원작으로 하여 만든 영화의 목록을 작성해보게 되었다. 그런데 유감스럽게도 최근 몇 년 동안에는 뛰어난 원작소설을 작품으로 만든 영화를 찾아보기가 어려웠다. 우리 영화 중에서 좋은 평가를 얻은 작품들은 대부분 독립된 시나리오를 갖고 있었다. 그렇다면 우리 영화가 중흥기를 맞이했던 1960년대와 1970년대에 비하여 우수한 영화의 원작소설에 대한 의존도가 갑자기 급락해 버리게 된 원인은 어디에 있는 것일까?

2천 년대로 접어들면서 우리 영화에 대한 관심이 폭발하면서 영화에 대한 투자도 엄청나게 확산되었으며 영화가 만들어지는 과정도 매우 전문화되었다. 시나리오의 경우도 예전과는 달리 몇 사람의 작가가 공동작업으로 보통 6개월 이상 걸려 수많은 수정본을 만들어낸다고 한다. 좋은 시나리오에 대한 경제적 보상도 이전에 비해 크게 향상된 편이다. 이러한 형편 때문인지 인문학부와 예술학부의 우수한 학생들이 대부분 영화판에 몰려드는 현상이 벌어지고 있다. 문예창작과의 경우 최근 몇 년 사이에 졸업 이후의 진로를 영화나 방송쪽으로 희망하는 학생들의 수가 압도적인 비율을 차지하고 있다. 1990년대까지 국문과나 문예창작과 학생들이 주로 소설가나 시인 되기를 갈망하던 분위기와는 너무나도 대조적인 변화라 하지 않을 수가 없다. 아마도 이러한 인력 수급의 상황이 구태여 원작소설에 의존하지 않는 독립 시나리오의 성공 사례를 만들어내는 원동력으로 작용하고 있을 것이다.

〈문학과 영화〉라는 과목을 가르쳐야 하는 문학 선생의 입장은 어쩌면 이 과목을 배우는 학생들의 입장과는 착잡하게 다를 것이다. 문학이 영화에 스토리와 표현기법 양쪽으로 영향을 미쳤던 시절이 사라져가고 있기 때문이다. 요즘 젊은 작가들의 경우에는 오히려 영화의 내용과 표현기법을 자신의 소설 속에 빌려오는 경우도 많다. 그렇다면 이러한 영향의 역전 현상이 문학의 발전과 성숙에 반드시 부정적인 결과를 가져오는 것일까? 혹시 독립 시나리오라는 장르의 성립과 번영을 변화된 문학의 모습으로 인정해야 하는 것은 아닐까? 그렇지 않다면 문학은 이제 스토리나 사건에 크게 의존하지 않는 새로운 내용과 형식을 개발해야만 하는 것일까? 〈문학과 영화〉의 관계를 생각할 때마다 떠오르는 물음이다.

꿈에 관하여

꿈을 꾸지 않고 잠을 자는 사람은 거의 없다
고 한다. 어떤 사람들은 아주 피곤할 때면 꿈도 꾸지 않고 숙
면을 한다고 말한다. 그 말은 아마도 사실이 아닐 것이다. 꿈
을 꾸지 않은 것이 아니라 꾼 꿈을 기억하지 못할 뿐이다. 분
명히 꿈을 꾸었는데 다음 날 아침 잠에서 깨어나면 도무지 기
억해낼 수 없는 꿈도 있는 법이다. 어릴 때부터 나는 대부분
기억할 수 있는 꿈을 꾸며 잠을 잔 날이 많았다. 아마도 대부
분의 꿈을 기억하는 까닭은 내가 깊은 잠을 이루지 못했기 때
문일지도 모른다. 하도 꿈을 자주 꾸고 그 꿈들을 기억하다 보

니 나중에는 어떤 자세로 잠을 자면 어떤 꿈을 꾸는지 조정할 수도 있게 되었다. 그뿐만 아니라 꿈을 꾸는 도중에 그것이 꿈이라는 사실을 알아차린 적도 많았다. 이런 점들을 돌이켜 볼 때 나는 꿈을 자연스럽게 받아들이지 못한 것 같다. 그저 섣부른 꿈만 꿔왔을 따름이다.

1970년대에 미국의 여러 대학에서 인간이 잠을 자는 과정에 대한 실험을 실시한 적이 있었다. 보통 수면 과정에는 네 단계가 있는데, 그중에 〈급속한 안구 운동(REM)〉이 일어나는 단계가 있다고 한다. 사람들이 꿈을 꾸는 것은 오직 이 단계에서만 이루어진다고 한다. 이러한 사실을 근거로 행한 실험의 내용은 다음과 같다. 실험에 참여한 사람들로 하여금 잠은 자도록 허용하지만 〈급속한 안구 운동〉 단계에 들어가는 걸 방해를 하는 것이었다. 이렇게 지속적으로 〈급속한 안구 운동〉 단계를 방해하자 잠은 자되 꿈을 꿀 수 없게 된 사람들은 낮 동안 내내 신경질을 부리거나 우울증 증세를 보였다고 한다. 그리고는 마침내 정상적인 수면 활동이 허용되자 그들은 그야말로 정신없이 〈급속한 안구 운동〉 단계로 빠져들었다고 한다.

이러한 실험을 통해 우리는 인간의 수면 활동

중에서 꿈이 차지하는 비중을 알아차릴 수가 있다. 인간은 그저 낮 동안 분주하고 피곤했던 몸을 쉬게 하려고 잠을 자는 것만은 아닌 것이다. 오히려 인간은 낮에 다하지 못했거나 남 앞에 드러내기 부끄러워 감추었던 일들을 잠을 자면서 도모하고 싶어하는 것이다. 인간의 꿈은 낮보다 밤이, 그리고 몸을 마음껏 움직일 때보다 몸을 조용히 쉬게 만드는 때가 더욱 중요할 수도 있다는 사실을 상기시켜 준다. 무엇보다도 꿈을 꿀 때 눈동자가 끊임없이 움직이는 것이 그러한 사실을 입증해 준다. 인간은 꿈을 꾸면서 두 눈을 통해 무엇인가를 실제로 보는 행위에 참여하고 있다. 그 행위는 인간의 은폐된 진실이나 억압된 욕구를 밝혀내고 해방시켜 주는 역할을 하기도 한다.

그런 점에서 예술가들은 한낮에도 적극적으로 꿈을 꾸는 행위에 참여하는 사람들이다. 그들은 꿈을 꿀 때 잠을 자지 않는다. 따라서 그들의 꿈은 〈급속한 안구 운동〉 단계를 보여주지도 않는다. 그들은 오직 상상력의 눈을 통해 꿈의 세계로 나아간다. 그들은 보통 꿈을 꾸는 사람들과는 달리 꿈과 현실의 세계를 착각하지도 않는다. 그들은 현실과 다른 꿈의 세계를 현실 세계의 모습으로 변화시켜 놓으려고 한다. 현실 세계가 시시하거나 더러워서 그것을 있는 그대로 바라보거나 그 속에서 살아가기가 싫을 때 예술가들은 꿈의 세계를 찾아든다. 그리고 그 속에서 상상력의 눈으로 새로운 현실의 모델을 찾아낸다. 때때로 그 모델은 너무도 새로워서 사람들에게 낯설어 보이고 하찮아 보인다. 이중섭이 찾아낸, 이상이 꿈의 세계에서 찾아낸 모델은 모두 그렇게 낯설어서 시간이 한참 흐른 후에야 사람들에게 현실의 가치 있는 모델로 받아들여졌다. 예술가의 꿈은 그렇게 개인의 품을 벗어나 집단의 꿈으로 현실화된다. 잠의 꿈으로부터 현실의 꿈으로 변화되는 것, 우리는 그것을 〈꿈은 이루어진다〉고 일컫는다.

현대시에 미친 시조의 영향과 한계

우리의 전통 시가인 시조가 현대에 이르러 위축되거나 쇠퇴해 가는 모습을 보여주는 까닭은 무엇일까? 시조가 간직하고 있는 형식적인 특징 때문일까? 아니면 그러한 형식을 자기도취적이거나 안일한 정서를 표현하는 방편으로 사용하는 시조 시인들의 타성과 관행 탓일까? 아마 이러한 이유보다 더욱 근원적인 것은 시조가 많은 유산을 현대시에 넘겨준 상황에서 비롯되었을 것이다.

아마도 시조의 가장 두드러진 성격을 독특한 형식미에서 찾으려는 것이 시조문학을 계승해온 사람들의 보편적인 입장일 것이다. 또한, 그러한 형식미의 특징을 시조의 음악성과 연계시키는 것도 보편적 입장일 것이다. 확실히 조선 시대의 옛시조들은 노랫말과는 별도로 가락을 부르는 창법을 중요시했다. 그럼에도 불구하고 『해동가요』나 『청구영언』과 같은 시조집들이 노랫말만을 소개하고 있는 점을 눈여겨보면, 옛시조에도 가락과 노랫말이 대등한 입장을 견지하고 있다는 사실을 알아차릴 수가 있다. 그러므로 전통시조를 현대적으로 계승하기 위해서는 가락이 빠져나간 자리를 무엇인가로 보충해야만 한다는 일부 이론가들의 주장을 호락호락 받아들이기가 어렵다. 그런 점에서 가락을 대신할 만한 것으로 〈음수율〉을 인정하는 방법은 이제는 별다른 호소력을 발휘하지도 못한다. 그러나 시조의 음악적 형식미에 관한 여러 고찰과 모색 속에서 현대시의 미학적 속성이 발달해온 점도 부정하기는 어렵다 〈음수율〉을 대신하여 호흡의 단위를 기준으로 삼는 〈음보〉 개념이 도입되면서 현대시에 대한 리듬 개념을 재정립하게 된 사실을 하나의 증거사례로 제시할 수가 있는 것이다. 물론 노래처럼 낭송하는 시가가 아니라 눈으로 의미를 되새기는 현대 자유시의 흐름 속에서 가락이나 리듬의 속성은 내재율로 간접화되거나 아예 무시되어 버리는 경향을 노출하고 있는 실정이다.

그런 점에서 시조의 성격을 노랫말의 가치에
서 찾아내려는 입장을 눈여겨볼 필요가 있다. 〈시조(時調)〉란
명칭에서도 짐작할 수 있듯이 시조는 본디 〈시대성〉을 내포하
고 있으며, 이러한 〈시대성〉이 노랫말의 특징에 반영된 사실
을 우리는 주목해야만 한다. 이를테면 대부분의 시조에는 자연
에 대한 일정한 언급사항이 있는데, 그때 시조에 표현된 자연
은 대부분 보편적인 자연의 뜻이나 가치를 기리는 것이 아니라
시대적인 현실을 암시하는 〈알레고리〉로서 성립하는 경우가
많다는 것이다. 자연을 그리워하거나 풍자하려는 현실을 지시
함으로써 시조를 당대적인 삶의 조건에 들러붙는 문학 장르로
성립하게 만들어주는 역할을 하는 것이다. 그런데 이러한 옛시
조의 현실 지향적인 입장과는 달리 오늘날의 시조는 자연의 보
편적인 가치를 기리는 듯하면서도 시인의 자기도취적이거나
상투적인 수사를 남발하는 한계를 노출하고 있다. 자연을 시조
의 표현대상으로 삼으면서도 오히려 옛시조의 전통을 바르게
계승하지 못하는 까닭은 1920년대 이래로 자유시가 성립하면
서 가람 이병기와 같은 문인들에 의하여 〈시조부흥운동〉이 전
개되었음에도 불구하고 노랫말로서 자연을 표현하는 양식의
주도권을 자유시가 넘겨받으면서 오히려 시조에 영향을 미치

게 된 현실 속에서 비롯된 것으로 보인다. 그런 점에서 1920년 대의 김소월이 시조와 자유시의 경계에 선 시인이라면 한용운을 비롯하여 1930년대의 김영랑과 정지용에 이르는 시인들의 계보는 적어도 자연을 노랫말의 표현대상으로 삼으면서 시조를 시의 추종자로 변화시켜 놓는 데 크게 이바지한 것이다.

　　　　그렇다면 오늘날의 시조는 어떤 변화의 주체적 동력을 확보해야만 할까? 옛시조가 그 명칭의 뜻대로 당대의 현실을 〈알레고리〉의 표현양식으로 그려내었듯이 오늘날의 시조 또한 현대적인 삶의 현실을 그려낼 수 있는 표현양식을 발굴해내야만 할 것이다. 자연을 보편적 가치나 아름다움의 대상으로 기리려고 하면서 자연을 가장 추상화시켜 버림으로써 자연으로 표상되는 삶의 현실도 불투명하면서 밋밋한 모습으로 그려내는 안일한 시조의 표현방식은 지양되어야 마땅할 것이다. 그런 점에서 자연과 현실의 〈유사성〉에만 주목하는 〈은유〉의 이미지들 못지않게 〈인접성〉을 주목하는 〈환유〉의 이미지들도 도입할 필요가 있을 것으로 보인다. 유사성의 고리는 존재하지 않지만 인접한 공간 속에 다양하게 존재하는 이질적인 존재의 요소들을 끌어들여 놓는 시조의 표현양식은 어쩌면 〈평시조〉와 대비되는 〈사설시조〉의 활력을 끌어들일 수 있는 방편으로 작용할 수도 있을 것이다. 결국 시조의 변화는 삶의 변화를 주체적인 문학양식으로 끌어안는 표현양식과 언어를 개발할 수 있느냐에 달려있는 것이다.

레디메이드 인생

1930년대를 대표하는 세태소설 작가인 채만식의 단편소설 중에 「레디메이드 인생」이라는 작품이 있다. 소위 〈인텔리〉라 불리는 지식인 계층의 구직난과 무기력한 삶을 빗대어 〈레디메이드 인생〉이라고 그 작품 속에서 작가는 일컫은 바 있다. 〈레디메이드(readymade)〉란 본디 〈예비된, 이미 만들어진〉이란 뜻을 가진 형용사이다. 이 형용사를 이용하여 작가는 팔릴 곳도 없이 미리 만들어져 버린 기성품의 운명을 당시의 인텔리 계층에 부여하였던 것이다. 그런데 곰곰이 살펴보면 이러한 기성품의 운명은 당시의 인텔리 계층에만 적용되

는 것이 아니라 요즘 우리 사회의 〈고급인력〉 계층에도 적용
될 수 있다. 물론 1930년대의 절망적인 일제 식민지 치하만큼
은 아니겠지만, 이들이 사회의 현실로부터 낙오되거나 외면당
하고 있다는 점에서는 어느 정도 비슷한 아픔을 겪고 있는 것
이다. 우리 시대의 젊은이들이야말로 아무런 대책도 없이 대학
만 졸업하면 사회에 필요한 인력으로 충원될 수 있다는 막연한
믿음 아래 만들어진 〈기성품〉이나 〈기성복〉에 불과한 것이다.
이미 만들어 놓고 보니 그것을 사려고 하는 사람은 아무도 없
는, 그것의 가치와 쓸모를 제대로 인정해줄 사회적 환경을 갖
추고 있지 못한 현실 속에서, 살아남아야 하는 운명을 오늘 우
리 사회의 젊은 고급 인력들은 맞이하고 있다.

　　　　　그런데 달리 생각해보면 작금의 우리 사회는,
아니 전세계적으로 오늘날의 자본주의 사회는 이러한 〈레디메
이드 인생〉의 가치관을 우리에게 세뇌하며 〈레디메이드〉 제품
을 생활필수품으로 팔아먹고 있기도 하다. 본래 우리는 생활
속에서 스스로를 자기 삶의 주체로 생각하고 느끼며 살아갈 권
리를 가지고 있다. 그런데 자본주의 사회의 환경 속에서 우리
의 그러한 권리는 어느새 커다란 침해를 받고 있다. 우리는 스
스로 무엇을 생각하고 느낄 겨를도 없이 이미 자본주의가 만들

어놓은 기성품의 규격에 맞추어 살아야 하는 노예가 되어버리고 말았다.

　　　　이삼 년 전인가 이영애라고 하는 여자탤런트가 출연하는 상품광고들의 내용으로 현대인의 하루치 일상을 맞추어 보는 말이 유행했던 적이 있었다. 그런데 그러한 시도라면 이미 그보다 십여 년 전에 함민복이라는 시인이 「광고의 나라」라는 시에서 이렇게 풍자한 적도 있었다. 〈인간을 먼저 생각하는 휴먼테크의 아침 역사를 듣는다. 르네상스 리모컨을 누르고 한쪽으로 쏠리지 않는 휴먼 퍼니처 라자 침대에서 일어나 우라늄으로 안전 에너지를 공급하는 에너토피아의 전등을 켜고 21세기 인간과 기술의 만남 테크노피아의 냉장고를 열어 장수의 나라 유산균 불가리스를 마신다〉 이제는 사라져버린 제품들의 광고내용이 대부분이지만 아직도 이러한 광고에 대한 풍자가 날카롭게 우리의 마음을 찌르는 까닭은 바로 광고라고 하는 것이 우리를 몽유병자로 만들고 있다는 사실을 밝혀주고 있기 때문이다. 본래는 우리의 몸과 마음이 그다지 소중하게 생각하지도 않고 필요하다고 느끼지도 않는 물건들을 무의식적으로 구입하게 만드는 원동력을 제공하는 광고야말로 자본주의가 만들어놓는 기성품의 〈표준 규격〉인 셈이다. 이제 우리는 상품 광고에 중독이 되어서 텔레비전에서, 또는 인터넷이나 신문에서 광고를 보지 않으면 마음이 허전하고 불안하기까지 하다. 그리고 그런 심리의 부작용 때문인지 우리 일상생활의 재담이나 의사소통은 광고의 패러디로 이루어지고 있기도 하다.

자발적이야 할 우리의 삶, 그리고 스스로 느끼고 생각하는 힘으로 꾸려가야 할 우리의 인생을 끝없는 〈기성품〉으로 규격화하는 자본주의의 상품 광고와 정보들이 넘쳐나는 우리 시대의 현실을 〈행복과 희망이 가득 찬/절망이 꽃피는, 광고의 나라〉라고 역설한 함민복 시인의 목소리가 아찔하게 들린다. 그리고 〈레디메이드 인생〉을 양산해내는 현실이 다시 한 번 두려워진다.

〈황산벌〉의 사투리

　　　　　　　　　몇 년 전에 개봉해서 좋은 반응을 얻고 있는
영화 중에 〈황산벌〉이라고 하는 작품이 있다. 백제가 신라에
정벌 되는 과정을 코믹하게 그린 영화인데 이 작품이 관객들의
마음을 사로잡는 가장 중요한 원동력은 사투리를 중심으로 한
입담이라고 한다. 지금까지 역사를 다룬 영화는 물론이거니와
소설이나 텔레비전 드라마에서도 왕이나 장군처럼 지배층의
신분을 가진 인물들이 사투리를 사용하는 경우는 없었는데, 이
영화에서 최초로 그러한 시도를 했고 그러한 시도가 관객들의
흥미를 유발했다는 것이다. 이 영화에 대한 평가 중에는 〈작품

국민여러분 !!
내 좀 믿어주이소 ~
이 대한민국 이기
지가 살리겠심더 !!

아따 ~
성님이 먼저 죽으실라요
이리 한 놈씩 나라 보소 ~

내 귀엔
둘 다 악당처럼
들리는데~

의 주인공이 거시기다〉라는 지적도 있었다. 이 작품에 등장하는 백제의 장군을 비롯한 군인들이 〈거시기〉라는 사투리를 자주 사용하는데 그 사투리의 뜻이 하도 다양해서 신라 사람들을 헷갈리게 하는바, 그러한 작품의 내용이 이 영화의 핵심을 장악하고 있다는 지적이다. 이렇게 영화에 대한 지적이 흥미로운 까닭은 〈거시기〉라는 사투리가 사람들의 관심을 끌어모으면서 단순한 재미 이상의 착잡한 사실을 일깨우고 있기 때문이다.

사실상 사투리는 이미 오래전부터 우리의 일상을 장악해 왔다. 대한민국의 어느 지역에 살더라도 하루도 사투리를 듣지 않고 생활하는 국민은 없을 것이다. 그 지역의 고유한 어휘와 어법은 그 지역에서는 표준말이면서 타지역에서는 사투리가 되는데(그런 점에서 〈서울 사투리〉라고 하는 것도 존재한다.) 어느 지역에서건 다양한 곳에서 몰려든 사람들이 두루 섞여서 살아가고 있기 때문이다. 그런 점에서 사투리의 공존은 자율적이고 민주적인 삶의 증거로 받아들여질 만하다. 그리고 바로 그 점을 중히 여겼던지 이문구와 서정인 같은 작가들은 사투리를 중심으로 소설의 문체는 물론이고 의미로운 내용까지 만들어 보여주기도 했다. 더구나 이분들은 십 년 이상의 오랜 기간을 이러한 소설의 모양을 가다듬는데 혼신의 노력을 경주하였다. 그런 점에서 사투리가 〈황산벌〉이라는 영화에서 지배계층의 언어로 사용된 것이 별다르게 주목될 만한 가치를 지닌 것으로 보이지는 않는다.

그러면서도 사투리에 대한 영화의 작업이 착잡해 보이는 까닭은 지금까지 우리의 풀뿌리 같은 몸이며 고향과 같은 사투리를 우리가 너무 제한된 용도로 사용하고 사투리에 대한 편향된 관념을 우리 스스로 세뇌하는 데 이바지하지 않았는가 하는 반성을 조금이라도 일깨우고 있기 때문이다. 우리는 그동안 사투리를 천박하고 공격적인 〈야유의 언어〉로, 또는 거짓이나 변명을 늘어놓는 〈사기의 언어〉로 위치시켜 놓는 데 이바지했다. 영화 속에서 텔레비전 드라마 속에서 사투리의 많은 용도는 그러한 부정의 목소리를 과장되게 부풀리는 데 바쳐졌다. 진지한 토론과 사색의 담론으로, 또는 낭만적인 사랑의 담론으로 사투리가 활용되었던 적은 드물었다. 그것은 선남선녀의 언어로 자리 잡기가 어려웠다. 〈황산벌〉에서 지배계층의 사투리 사용이 코믹하면서도 비애로워 보이는 까닭은 우리가 계급을 강등시키고 노예로 만들어버린 사투리가 어색하게도 높은 자리를 차지하고 있는 점에서 비롯된다. 우리는 이상하게도 왕이나 장군들이 사투리를 사용하는 것이 웃긴다고 생각한다. 우리는 노무현과 김대중과 노태우와 전두환의 어법과 사투리를 수상하게 보지 않는데 그 까닭은 그들이 사투리를 쓰면서도 사투리를 감추려고 했기 때문이다. 〈황산벌〉의 왕과 장군들은 사투리를 감추려고 하지 않는다. 바로 그 점이 우리를 웃기게 한다. 그리고 바로 그 점이 우리를 반성하게 한다. 우리도 사투리를 감추려고 하거나 깔보거나 하고 있다는 사실을 바로 그 점이 일깨우고 있는 것이다.

리메이크 열풍

　　대학입학수학능력 시험이 치러지던 날인 11월 5일 수요일에 우리나라 전국의 영화관들은 뜨겁게 달아올랐다. 밤 11시에 개봉되고 단 1회 상영에 서울에만 2만 9500명, 전국 6만 5천명의 관객을 불러들이는 진기록을 세운 이 영화의 제목은 〈매트릭스3 레볼루션〉이다. 전세계적으로도 같은 날 같은 시각에 동시개봉이라는 독특한 흥행전략을 시도한 이 영화는 수요일에 개봉한 역대 영화 중 흥행 2위라는 기록을 만들어냈다. 그렇다면 시리즈 작품이라서 이미 줄거리나 볼거리의 윤곽이 노출되어 버린 영화에 이렇게 사람들이 몰려드는 까닭은 무엇일까? 〈리메이크(다시 만들기)〉의 한 유형으로도 보이는 이러한 대중문화에 사람들이 열광하는 까닭은 무엇일까?

　　〈리메이크〉 열풍의 배후에는 무엇보다도 〈안락한 재미〉를 확보하려는 기대심리가 자리 잡고 있는 것으로 보인다. 영화 관객들은 그것이 단 몇천 원의 돈이라고 하더라도 즐거움을 누릴 확률이 높은 상품을 구매하고 싶어한다. 모든 시리즈 대중문화상품들은 바로 이러한 대중의 소비심리를 유도할 목적으로 만들어지고 있다. 얼핏 보면 이러한 대중의 소비심리는 변덕스럽고 늘 새것을 추구하는 인간의 본성과는 어울리지 않아 보인다. 그러나 자세히 살펴보면 〈리메이크〉 열풍이야말로 사람들의 새것에 대한 욕망을 위장된 형태로 충족시켜 주는 문화전략이라는 사실을 발견하게 된다. 〈리메이크〉는 새것이 아닌 것을 새것인 것처럼 사람들에게 보여주는 기술을 간직하고 있다. 사람들은 〈리메이크〉 상품을 구입하면서 〈안락한 재미〉에 빠져 그것이 마치 새로운 유행상품인 것처럼 인정해버리고 있다. 〈리메이크〉 상품이 제공하는 〈안락한 재미〉는 어쩌면 겉만 화려한 포장기술과 같은 것일지도 모른다. 내용은 똑같아도 포장이나 디자인만 다르면 그 상품을 새로운 것으로 인정해주거나 오히려 〈리메이크〉 상품의 가치

를 훨씬 높은 것으로 인정해 버리는 시대에 우리는 살아가고 있는 것이다.

〈리메이크〉 상품이 충족시켜 주는 〈안락한 재미〉의 배후에는 무엇이든 어렵게 궁리하거나 힘들게 겪어내야만 하는 삶의 과정을 회피하고 싶어하는 현대인의 생활습관이 놓여 있다. 무엇이든 쉽고 편안하게 즐기려는 버릇을 가진 사람들은 스스로 새로운 것을 창조하려는 열정을 간직하기가 어렵다. 새로운 것을 창조하려면 많은 고통과 땀을 지불해야만 하기 때문이다. 이러한 버릇은 다른 사람이 만들어 놓은 예술작품이나 문화상품을 감상할 때도 발동이 된다. 쉽고 편안하게 감상하기를 원하는 문화 소비자들은 진지하게 살펴보고 깊이 되새겨야만 제맛을 즐길 수 있는 예술품들을 회피하려고 한다. 그들은 마치 햄버거나 피자처럼 즉석에서 부담 없이 즐길 수 있는 감상의 맛을 원하는 것이다.

구약성경의 〈전도서〉에는 〈지금 있는 것은 언젠가 있었던 것이요/지금 생긴 일은 언젠가 있었던 일이라/하늘 아래 새것이 있을 리 없다〉라고 기록되어 있다. 이 가르침대로라면 인간의 모든 생각과 행위는 부질없는 것일 수도 있다. 모든 삼라만상이 〈리메이크〉의 자취를 간직하고 있기 때문이다. 그러나 〈전도서〉의 가르침은 삶의 새로움과 영원함을 기약할 수 없으므로 삶을 안락하게, 또는 방종하게 살아서는 안 된다는 뜻을 일깨우는 역할을 한다. 그 가르침은 새로움과 영원함을 기약할 수 없는 인간들이 삶에 대하여 겸손해지기를, 그리하여 자신의 본성을 바로 보고 본성에 따라 살기를 권고하고 있는 것이다. 그 본성이란 화려한 상품의 포장이나 디자인이 아니라 그것의 안에 감추어진 내용물이다. 우리의 본성을 바로 보듯, 우리는 다른 사람이나 물건의 가치도 바르게 보는 법을 배워야 할 것이다. 그런 점에서 대중문화의 〈리메이크〉 상품이 제공하는 가치는 수상쩍어 보인다.

김훈의 칼을 튕겨내는 세상

정의롭지 않은 세상에서 세 치 혀를 펜대 삼아 놀리는 자들은 대체로 '일자진(一字陳)'을 펼치는 법이 없다. 저들의 몸놀림은 마음의 펼침과 거둠을 감추는 데 익숙하여 저들이 '방사진'으로 펼쳐 보이는 정의로움의 실체는 허상이거나 유희처럼 보인다. 그리하여 그러한 헛것들과 겨루는 일자진의 싸움은 비장하지만 무망하기도 하다.

김훈은 지금까지의 삶 속에서 몇 번의 일자진을 펼친 바 있다. 출사표를 던지고 펼쳐 보인 그 전투에서 그는 늘 이겼다. 그리고 그때마다 정의롭지 않은 세상과 겨루어

야 하는 더 큰 책임을 떠맡게 되었다. 출사표를 던졌을 때마다 그와 동석한 술자리에서 『난중일기』와 이순신의 가파른 행적을 토해내던 그의 가열한 몸짓을 기억하는 자들이 적지 않을 것이다. 그때 그는 이순신에게 신들린 자 같아 보였다. 형형하게 내쏘는 그 눈빛과 고조된 언행은 단지 이순신의 행적에 매혹된 자의 지경을 넘어 있었다. 그러나 동석한 그들 중의 누구도 그가 술자리를 떠난 곳에서 이순신을 연출하기를, 이순신의 행적을 육화하기를 원하지는 않는 것 같았다. 그의 시대가 이순신의 명분을 요구하지 않아서였을 것이다. 이미 이순신의 역사적 상징성은 제3공화국을 거치는 동안 충효사상으로 훼손되어 있었다. 게다가 이순신은 그의 생애 마지막 승부수 같아 보였다.

그런데 김훈은 이순신을 한 편의 장편소설로 육화하고 말았다. 나는 그 동기를 미루어 짐작한다. 소설의 〈책머리에〉 그 동기가 암시되어 있기도 하다. 첫 문장은 이렇게 펼쳐진다. 〈2000년 가을에 나는 다시 초야로 돌아왔다. 나는 정의로운 자들의 세상과 작별하였다.〉 작년 가을에 그는 또 한 번의 일자진을 펼치고 칩거의 생활로 들어갔다. 정의롭지 않은 세상에서 정의로움을 역설하는 자들과 겨룬 일자진에서 그는 생의 어느 때보다도 이순신에게 집착할 계기를 얻은 듯하다. 53세에 체포되어 백의종군을 시작한 이순신과 같은 연배에 이른 그는 세상과의 겨룸에 귀감으로 삼을 만한 처세의 방편을 마련하게 되었을 것이다. 백의종군하는 이순신과 직장에 출사표를 던지고 칩거에 들어간 김훈의 만남은 그렇게 하여 『칼의 노래』라는 소설을 세상에 던져놓게 하였다.

이 소설은 역사소설로 읽혀지지 않는다. 이유를 이렇게 말할 수도 있겠다. 대부분의 역사소설이 〈전지적 시점〉으로 서술되는 데 반하여 이 작품은 철저한 〈일인칭 시점〉으로 쓰여지고 있는 것이다. 김훈이 방대한 인물과 서사의 스케일을 희생하기 쉬운 〈일인칭 시점〉을 역사소설에 도입한 까닭은 자명해 보인다. 그는 단지 이순신의 들끓는 내면을 철저하게 체험하고 싶었던 것이다. 정의롭지 않으며 무기력한 당대의 조정과 혼란에 휩싸인 사회적 현실에 맞서야 하는 이순신의 가파른 의지와 사유를 김훈은 자신이 맞닥뜨려야 하는 삶의 이정표로 곧추세워놓고 싶었던 것이다.

그 가파른 사유와 의지는 짧은 문장들에 몸을 싣는다. 그것들은 〈일자진〉의 간결하고 비장한 전법을 실행하는 그의 사병들이다. 그 문장들은 의미의 급소를 지르고 여운을 남긴다. 문장이 칼의 속성을 정확히 빼닮았다. 그 문장들에 의지하는 가파른 사유와 의지는 그를 단독자로 세우고 세상과의 전쟁에서, 죽음과의 전쟁에서 그의 자존과 욕망을 절실하게 체현한다. 그 자존과 욕망은 〈물러설 자리 없는 자의 편안함〉 속에서 솟아오르는 〈성욕 같기도 하고, 배고픔 같기도 한 것〉이다. 남성성을 강인하게 체현하는 그 자존과 욕망의 칼날을 그러나 세상은 튕겨낸다. 물러설 자리가 많은 세상에는 교언의 방패도 많아서 목숨을 건 진검 승부는 회피되는 법이다. 그러므로 그 싸움은 외롭고 지칠 만한 것이나 자기 운명과 겨루는 것이어서 부질없지는 않다. 이 마지막 몫으로 김훈의 작업은 비극의 정수를 구현한 셈이다.

해찰하는, 또는 다중 초점을 가진 시선

어려서부터 나는 좋지 못한 습관을 지니고 있었다. 방바닥에 엎드린 채로 부근에 놓여있는 물건들을 바라보는 습관이 그것이었다. 특히 아주 가까이 있는 물건을 요모조모 끈질기게 응시하다 보면 어느 순간엔가 그 물건의 윤곽이 이중으로 겹쳐 보일 때가 있었다. 이중으로 겹쳐 보이는 그 모양이 신기해서 나는 자주 그런 시선을 겨냥하게 되었는데, 그렇게 하는 것이 습관이 되어서 그런지 평상시에도 모든 사물의 윤곽이 두 겹으로 보이기 시작하였다. 성인이 되어서 안과에 갈 기회가 있었는데 의사는 내 눈의 초점 조절능력이 상실되어

버렸다는 사실을 나에게 통고했다. 그리고 이제는 치료가 불가능하다는 사실도 알려주었다. 그리하여 나는 지금도 느슨한 시선으로 사물을 바라보면 마치 술 취한 사람처럼 사물의 윤곽이 이중으로 보인다. 눈에 힘을 주고 초점을 맞추려고 해야만 그것이 한가지 모습으로 보이게 된다.

다소 장황하게 나의 병력을 늘어놓은 까닭은 현대사회에서 자본주의가 제공하는 현실세계의 모습이 그렇게 이중삼중으로 겹쳐 보인다는 사실을 조금이라도 실감 나게 전달하려는 의도에서 비롯되었다. 푸코라는 학자는 그러한 세계의 특징을 〈헤테로피아(heteropia)〉라고 명명한 바 있다. 그 용어는 〈서로 병치 되거나 중첩되는 이질적 공간〉을 뜻하고 있다. 중심이 서로 다른 많은 영역들이 파편처럼 공존하는 세계를 바라보는 현대인의 시선은 아마도 나의 비정상적인 시선처럼 여럿으로 겹쳐진 세계의 흐릿한 윤곽을 바라보게 될 것이다. 바라보는 자의 시선에 문제가 있기보다 보이는 세계 쪽에 문제가 있다는 점에서 내 경우와는 다르지만 어차피 보이는 효과는 마찬가지인 셈이다.

그렇다면 그 세계를 어떻게 파악하고 대처할 것인가. 여러 겹의 윤곽 속에서, 여러 개의 파편 속에서 어느

복화술로 얘기해야한다.

것이 실체인지를 가려내기 어려울 때 가장 쉽게 처리하는 방법은 보이는 그대로의 세계를 인정해버리는 것이다. 현대사회에서 몽타주나 콜라주 같은 기법이 활개를 치는 근거도 그런 세계의 질서를 반영하는 측면에서 비롯되었다. 그런 기법들은 단조롭지도 않고 안정되지도 않은 형태로 세계를 읽어내는 방법이다. 세계를 읽어내는 그 기법들은 문학의 영역에서 시인의 상상력과 언어를 대변하고 있기도 하다.

그렇다면 시인의 상상력이자 언어이기도 한 몽타주와 콜라주 같은 기법들은 현대 자본주의라는 세계를 읽어내는 최선의 역할을 감당하고 있는 것일까? 우리는 무엇보다도 그 기법들이 자본주의 세계라는 텍스트를 읽어내게 만들어 주는 대가로 정신분열증에 걸려있는 현대인의 자아를 입증해주고 있는 사실을 주목할 필요가 있다. 그리고 특히 시인과 같은 자들의 상상력과 언어가 그러한 징후를 가장 예민하게 드러내고 있는 사실도 주목할 필요가 있다. 서로 연관이 없는 것들을 결합해놓은 몽타주와 콜라주의 특징 속에서 우리는 과거에서 현재를 거쳐 미래로 이어지는 삶의 시간적 계기를 상실해버린, 그리고 타자들과의 유기적인 삶의 관계를 포기해버린 현대적 자아의 정황을 탐지할 수가 있다. 삶의 지속적이고 일관된 의미고리를 상실해버린 자아는 방향감을 잃은 채로 현재 상황에 탐닉할 수밖에 없다. 탐닉은 깊이를 포기하는 대가로 격렬함을 요구하는 법이다. 격렬한 자아의 몸짓은 구심력을 갖지 못하고 원심력의 자장에 갇혀 버리기가 쉽다. 현대사회에서 시인들이 구사하는 상상력과 언어가 이러한 자아의 몸짓으로부터 자유롭기는 어려울 것이다. 그러한 자아의 몸짓이 때로는 격렬한 시적 에너지와 낯설지만 싱싱한 이미지들을 토해내는 원동력으로 작용하기도 한다.

　　　　　이제는 표준말로도 사용되는 전라도 방언 중에 〈해찰하다〉라는 낱말이 있다. 그 낱말은 한 가지 일에 정신을 집중하지 못하고 주변의 이런저런 하찮은 일에 마음이 분산되는 상태를 뜻한다. 마음의 원심력을 그 낱말이 품을 수 있다면 현대처럼 중심이 분산된 세계에, 윤곽이 겹쳐 보이는 세계에 효과적으로 대처하는 마음의 시선은 아마도 그러한 것이 되어버려야 할지도 모른다. 그 시선이 정신분열의 징후에서 비롯된 것이든, 아니면 이중초점의 증상을 드러낸 것에 불과하더라도.

봄여행의 동반자
― 김훈, 『자전거 여행』

소설가 윤대녕이 하동 쌍계사에서 벚꽃 통신을 전해왔다. 섬진강 자락을 끼고 십여 리 이상 난분분한 황홀경을 연출해내는 그 군락을 이번 주 넘겨 제대로 만끽하기는 어려울 것이라는 전언이었다. 나는 이번 주중에 그곳을 찾으리라 다짐하며 지난 주말 김훈의 집을 방문하였다. 현관에는 흙을 켜켜이 껴입은 자전거가 놓여있었다. 그것은 『자전거 여행』을 집필하고 새로 마련한 것이었다.

『자전거 여행』은 제목 그대로 〈풍륜(風輪)〉이라는 산악자전거를 파트너로 삼은 김훈의 기행산문집이다.

1999년 가을부터 2000년 여름까지 전국의 산천을 동행한 〈풍륜〉은 〈몸이 확인할 수 없는 길을 가지 못하는〉 여행의 속성을 일깨워주었다고 한다. 〈풍륜〉과 동행하는 여행은 철저하게 몸을 부려내는 여행이었다. 그 여행은 자동차의 엔진에 몸을 편안하게 의탁하고 눈의 즐거움만 쫓기 쉬운 우리네 여행과 대별되는 것이다. 남성적 힘이 주도하는 여행에서 그의 몸과 산악자전거는 거의 동성애적 관계를 구축하고 있는 것처럼 보이기까지 한다. 그리하여 산악자전거에 들러붙은 몸의 지체들은 산천의 풍경을 절실하게 만끽하는 권리를 부여받는다.

   이번 주에 남도의 꽃잔치에 참여하려는 계획을 세운 나로서는 그의 『자전거 여행』 중에서도 봄 풍경의 체험을 유심히 살펴보지 않을 수가 없었다. 김훈은 우선 남도 봄 풍경의 배경으로 황토를 들여앉혀 놓는다. 황토는 〈남도의 봄이 펼쳐내는 모든 색깔 중에서 가장 깊다〉고 그는 말한다. 황색보다 적색에 가까운 그 빛깔을 〈가장 깊다〉라고 주장한 까닭은 핏빛 고통의 자취가 배어있기 때문일 것이다. 그때의 황토는 한으로 생명력을 일구어내는 삶의 모습을 상징하고 있을 것이다. 그러나 김훈이 황토에 부여하는 미학은 그 정도에 그치지 않는다. 그는 황토가 빚어내는 밭두렁의 형상에 주목

한다. 〈밭들의 두렁은 기하학적인 선을 따라가지 않고, 산비탈의 경사각도와 그 땅에 코를 박고 일하는 사람들의 인체공학의 리듬을 따라간다. 그래서 그 밭두렁은 구불구불하다.〉는 것이다. 〈구부러진 밭두렁〉의 미학은 배척하지 않고 껴안는 생명의 리듬을 간직하고 있다. 〈밭두렁〉의 곡선이 간직한 생명의 리듬은 남도 무등산의 형상과 속성으로 확장되기도 한다. 〈이 산은 사람을 찌르거나 겁주지 않고, 사람을 부른다.〉, 혹은 〈산이 세상을 안아서, 산자락마다 들과 마을을 키운다.〉고 김훈이 규정할 때, 무등산은 〈구부러진 밭두렁〉의 형상을 모태로 삼고 있다.

　　　그러나 어찌 그것뿐이랴. 〈구부러진 밭두렁〉의 형상은 무등산뿐만 아니라 섬진강의 흐름으로 면면히 이어져 있기도 하다. 그리하여 구례에서 화개에 이르기까지 861번 지방도로를 김훈처럼 산악자전거로 달리지는 못하더라도, 자동차와 도보에 몸을 싣고 눈으로 마주치는 봄 풍경은 구불구불한 섬진강을 배경으로 피어난 산수유와 벚꽃으로 그득할 것이다. 다만 그 꽃잔치에 동반자 없이 참여해야 하는 신세가 처량할 따름이다.